# 차라투스트라는 이렇게 말했다 | 제1부

## 모두를 위한, 그리고 그 누구를 위한 것도 아닌 책

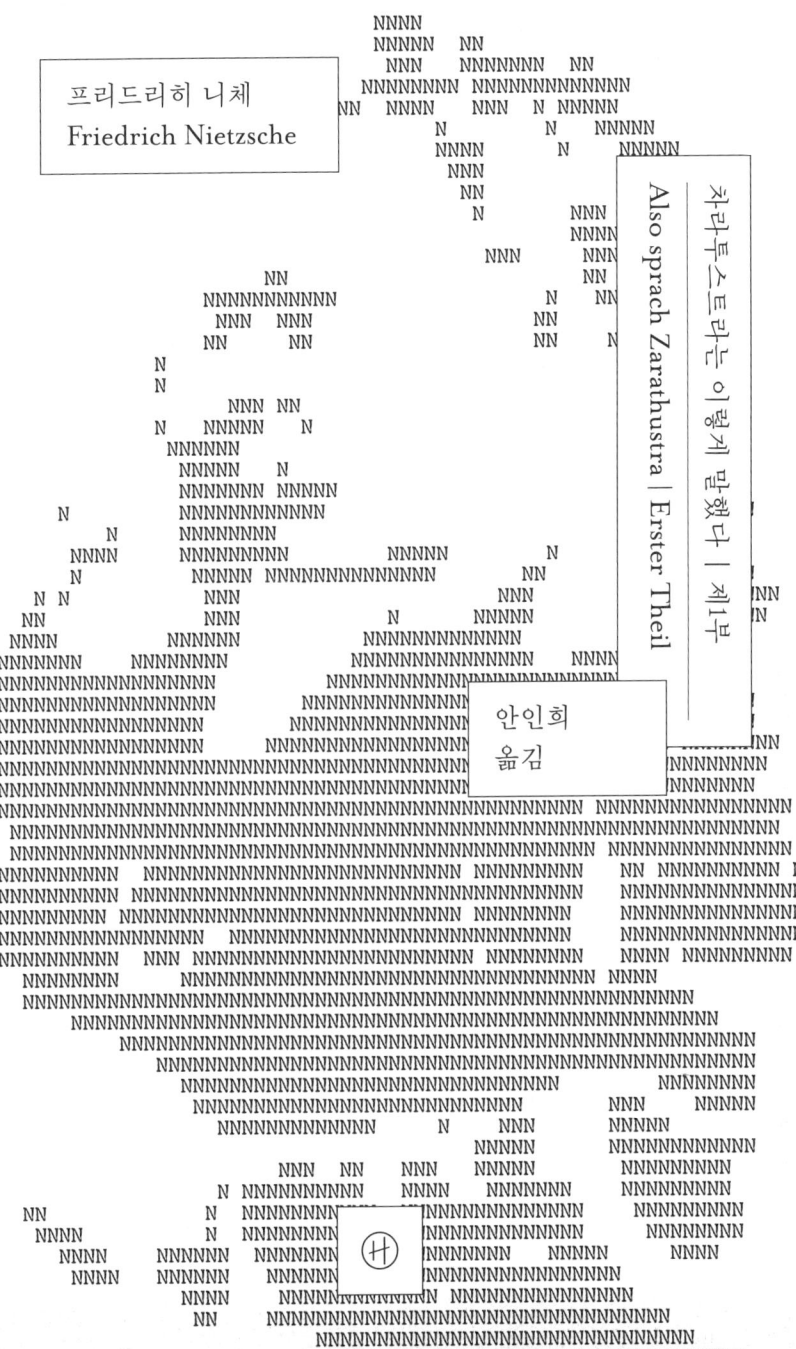

# 차례

## 제1부

차라투스트라의 머리말 008
차라투스트라의 말씀

1. 세 가지 변화에 대해 041
2. 미덕의 강좌들에 대해 046
3. 뒤편 세상 사람들에 대해 051
4. 몸을 경멸하는 자들에 대해 058
5. 기쁨과 정열에 대해 063
6. 창백한 범죄자에 대해 067
7. 읽기와 쓰기에 대해 073
8. 산의 나무에 대해 078
9. 죽음을 설교하는 자들에 대해 084
10. 전쟁과 전쟁 종족에 대해 088
11. 새로운 우상[국가]에 대해 093

| 12. | 시장의 파리들에 대해 | 099 |
| --- | --- | --- |
| 13. | 순결함에 대해 | 106 |
| 14. | 친구에 대해 | 110 |
| 15. | 천 개의 목표와 한 개의 목표에 대해 | 115 |
| 16. | 이웃 사랑에 대해 | 121 |
| 17. | 창조하는 자의 길에 대해 | 125 |
| 18. | 늙은 여자들과 젊은 여자들에 대해 | 132 |
| 19. | 뱀의 물어뜯기에 대해 | 137 |
| 20. | 아이와 결혼에 대해 | 142 |
| 21. | 자유로운 죽음에 대해 | 147 |
| 22. | 선물하는 미덕에 대해 | 153 |

| 해설 | 가치 뒤집기와 새로운 희망 | 164 |

## 일러두기

1. 번역 대본으로는 Friedrich Nietzsche, *Sämtliche Werke: Kritische Studienausgabe in 15 Bde. Also sprach Zarathustra I-IV(Bd. 4)*(DTV, 2014)를 사용했다. 전체 4부 중 제1부만 옮겼다.
2. 주석은 모두 옮긴이 주다.
3. 본문 중 굵은 글씨는 원서에서 이탤릭체로 강조한 부분이다.
4. 외래어 표기의 일부는 국립국어원의 외래어표기법을 따르지 않았다.

제1부

# 차라투스트라의 머리말

1

 차라투스트라는 서른 살이 되자 고향과 고향의 호수를 떠나 산으로 들어갔다. 산에서 그는 자신의 정신과 고독을 즐기며 10년 동안 지치지 않았다. 하지만 마침내 마음이 변했으니—어느 날 여명과 더불어 일어나서 태양 앞으로 나아가 태양을 향해 말했다.

 "너 위대한 항성아! 네가 비출 존재들이 없다면, 너의 행운이란 게 대체 뭐냐!

 10년 동안 넌 이곳 내 동굴로 찾아왔지. 만일 나와 내 독수리와 내 뱀이 없었다면, 너는 너 자신의 빛에, 그리고 너 가는 길에 물리고 말았을 거다.

하지만 아침마다 우리가 널 기다리다가 잔뜩 남아도는 너의 빛을 받아들이곤, 대신 너를 축복해주었지.

보라! 나는 마치 꿀을 너무 많이 모아들인 꿀벌처럼, 내 지혜에 넌더리가 난다. 이제 그걸 향해 [먹겠다고] 뻗치는 손길이 필요해.

나는 퍼주고 싶고 나누어주고 싶다. 인간 중에 지혜로운 자들이 다시 저의 어리석음을 기뻐하고, 가난한 자들이 다시 제 부유함을 기뻐할 때까지 말이다.

그러려면 난 저 아래로 내려가야 해. 저녁이면 너 태양이 저 바다 뒤로 넘어가 아래 세상에도 빛을 가져다줄 때 그러듯, 너 넘치도록 부자인 항성아!

나는 아래로, 인간들에게로 내려가려는데, 그[인간]들의 말버릇대로 말하자면, 너처럼 나도 **내려가야**[하강, 몰락해야] 한다.

그러니 나를 축복해다오, 너무 큰 행운도 시기심 없이 바라볼 수 있는 너, 고요한 눈이여!

흘러넘치려 하는 잔을 축복해다오. 그 잔에서 물이 황금색으로 흘러넘치며 네[태양의] 환희의 반사광을 온갖 곳으로 나르도록!

보라! 이 잔은 이제 도로 비워지고자 하고, 차라투스트라는 다시 인간이 되고자 한다."

―차라투스트라의 내려감[하강]은 이렇게 시작되었다.

## 2

 차라투스트라는 홀로 산을 내려가는데 아무도 만나지 않았다. 하지만 숲으로 들어가자, 갑자기 노인 하나가 그의 앞을 막아섰다. 노인은 숲에서 풀뿌리와 나무뿌리들[식량]을 찾으려고 거룩한 오두막을 나선 참이었다. 노인이 차라투스트라에게 말했다.

 "이 나그넨 낯설지가 않아. 여러 해 전에 이곳을 지나갔는데, 차라투스트라라는 이름이었지. 하지만 그는 변했구나.

 당시 너는 너의 재를 들고 산으로 갔지. 오늘은 골짜기로 불을 가져가려는 거냐?* 방화범이 받을 형벌이 두렵지도 않은가?

 그래, 차라투스트라를 알아보겠다. 눈은 순수하고, 입가엔 구역질이 숨어 있지 않아. 그러니 그가 춤꾼처럼 걷는 게 아니겠어?

 차라투스트라가 변했구나. 아이가 되었다가 지금은 깨어난 자인걸. 이제 잠자는 자들 곁에서 대체 뭘 하려는 거냐?

---

• 차라투스트라는 서른 살에 자신의 재를 들고 산으로 갔다가, 마흔 살이 된 지금 불을 들고 하산한다. 다 소진된 모습으로 올라갔다가 이제 활력이 넘치는 모습으로 내려온다.

넌 마치 바닷속에 살듯 고독 속에 살았고, 바다가 널 받쳐 주었지. 딱하구나, 뭍으로 올라가려고? 딱하구나, 너의 몸뚱이를 다시 질질 끌고 다니려고?"

차라투스트라가 대답했다. "난 인간을 사랑해요."

성인(聖人)이 말했다. "나는 어째서 숲으로, 외딴곳으로 왔던가? 인간을 너무나 사랑해서가 아닌가?

지금 나는 신을 사랑하지. 인간을 사랑하지 않아. 인간은 너무나 불완전한 존재거든. 인간을 향한 사랑은 나를 죽일 거다."

차라투스트라가 대답했다. "내가 사랑에 대해 뭐라고 했나요! 그냥 사람들한테 선물을 가져가는 중이지요."

"그들한테 아무것도 주지 마라"라고 성인이 말했다. "차라리 그들한테서 뭔가를 빼앗아 그걸 그들과 함께 짊어져라—그게 그들한텐 가장 좋아. 너한테도 좋다면!

그들한테 뭔가를 주려거든 적선 말고 다른 건 하지 마라, 그것도 그들이 적선해달라고 애걸복걸하게 해라!"

"아니." 차라투스트라가 말했다. "난 적선하지 않소. 그 정도로 가난하진 않아요."

성인은 차라투스트라를 비웃으며 말했다. "그렇다면 그들이 너의 보물을 받아들이도록 애써봐라! 그들은 은둔자를 불신하고, 우리가 선물하러 왔다는 걸 믿지 않아.

그들의 골목길에서 우리 발걸음은 너무 고독하게 울리거든. 해 뜨기 한참 전 침대에서 그들이 한밤중에 한 사내가 걸어가는 소리를 듣고, '저 도둑놈이 어딜 가려는 거지?' 이렇게 저 혼자 물으면 어쩌려고?

사람들한테 가지 말고 숲에 머물러라. 차라리 짐승들한테나 가라! 넌 어째서 나처럼—곰들 사이에서 한 마리 곰, 새들 사이에서 한 마리 새가 되려 하지 않는 거냐?"

"그렇다면 성인께선 숲에서 뭘 하시는지?" 차라투스트라가 물었다.

성인이 대답했다. "노래를 만들어 부르지. 노래를 만들 때면 웃고 울고 으르렁댄다. 그렇게 신을 찬양하는 거야.

노래로, 울음으로, 웃음으로, 으르렁거림으로 신을, 나의 신을 찬양한다네. 하지만 넌 우리한테 무슨 선물을 가져왔지?"

차라투스트라는 이 말을 듣고 성인에게 인사를 올리며 말했다. "내가 당신들한테 뭘 가져왔겠소! 당신들한테서 뭐라도 뺏어 가지 않도록 어서 나를 떠나보내주시오!"—그렇게 그들은 서로 헤어졌다. 노인과 사내는 마치 두 소년이 웃는 것처럼, 웃으며 헤어졌다.

차라투스트라는 혼자가 되자 저의 마음에 대고 말했다. "저런 일이 대체 가능하단 말인가! 저 늙은 성인이 저의 숲에 머물며 **신이 죽었다**는 소식을 아직 전혀 못 들었다니 말이야!"—

3

숲 가장자리의 가장 가까운 도시에 이르렀을 때 차라투스트라는 사람들이 시장에 잔뜩 모여 있는 걸 보았다. 줄타기 광대가 나올 거라는 약속이 있었기 때문이다. 차라투스트라는 민중을 향해 말했다.

**"내 너희에게 '인간너머(Übermensch)'\*를 가르쳐주겠다.** 인간은 극복되어야 할 존재다. 너희는 인간을 극복하기 위해 무슨 일을 했느냐?

지금까지 모든 존재는 자신을 넘어서는 무언가를 창조했다. 너희는 이런 거대한 흐름에서 퇴행하는 썰물이 되어, 인간을 넘어서지 않고 오히려 짐승 단계로 되돌아가려는 것이냐?\*\*

인간에게 원숭이란 무엇인가? 웃음거리 또는 고통스러운 수치다. 인간너머에게는 인간이 바로 그런 존재다. 웃음거리

---

- '인간너머'로 옮긴 'Übermensch'라는 말은 '인간이 발전 또는 진화해 나타날 다음 단계의 존재'라는 뜻이다.
- •• 19세기는 찰스 다윈(1809~1882)의 세기로, 지금 이 구절을 생명체의 진화 과정과 연결하면 이해하기 쉽다. 곧 물고기에서 육지 동물로, 다시 일련의 과정을 거쳐 척추동물, 영장류, 호모 사피엔스에 이르기까지의 진화 과정을 생각해보라. 이 과정을 연장하면, 현생인류인 호모 사피엔스도 언젠가 진화해 인간을 넘어서는 존재가 될 것인데, 아직은 그것을 무어라 이름 붙일 수 없다.

또는 고통스러운 수치인 것이다.

너희는 벌레에서 인간에게로 이르는 [진화의] 길을 걸어왔다. 너희 속에 많은 것이 아직 벌레다. 과거의 언젠가 너희는 원숭이였다. 지금도 인간은 그 어떤 원숭이보다 더한 원숭이다.

너희 중에 가장 지혜로운 자라고 해도, 겨우 식물과 유령 사이의 갈등이자 잡종일 뿐이다. 하지만 내가 너희더러 유령 또는 식물이 되라고 말하느냐?

보라, 나는 너희에게 인간너머를 가르친다!

인간너머가 땅[지구]의 의미다. 너희의 의지가 이렇게 말하게 하라. '인간너머가 땅의 의미가 **되어라!**'라고.\*

너희에게 바라노니, 내 형제들아, **땅에 충실하라.**\*\* 땅을 넘어선[초지상적인, 천상의 또는 내세의] 희망을 말하는 자들을 믿지 마라! 그들은 스스로 알든 모르든, 독약을 만드는 자들이다.

그들은 삶을 경멸하는 자, 죽어가는 자, 스스로 독에 중독된 자들이니, 땅은 그런 자들에 지쳤다. 그러니 그들이 사라

---

* 지구의 역사에서 지금까지 진화는 계속되었다. 우리는 마치 지금의 우리가 진화의 최종 목적인 것처럼 착각하지만, 지구에 생명체가 존재하는 한 진화가 인간에서 멈출 리 없고, 또한 멈추어도 안 될 것이다. 따라서 인간 이후 다음 단계인 인간너머가 출현해야 하고 또한 출현할 텐데, 이런 인간너머가 지구 또는 땅의 의미가 되어야 한다는 말이니 이는 극히 논리적인 사유다.
** 지구 생태계를 생각한다면, 이 구절은 설명할 필요도 없다.

진다면 얼마나 좋으랴!

옛날엔 신을 모독하는 것이 가장 큰 모독죄였다, 하지만 신은 죽었고, 그로써 이런 모독죄도 함께 죽어버렸다. 이제는 땅을 모독하는 것이 가장 두려운 일이다. 또한 땅의 의미보다는 '탐색할 수 없는 것[예컨대 신, 형이상학, 내세 등]'의 심오함을 더 존중하는 것 역시 가장 두려운 일이다!

옛날엔 영혼이 몸을 경멸의 눈길로 바라보았다. 당시엔 이런 경멸이 가장 고귀한 일이었다—영혼은 몸이 마르고 추하고 굶주리기를 원했다. 그렇게 영혼은 몸과 땅에서 벗어날 생각을 했다.•

오, [실은] 영혼 자체가 마르고 추하고 굶주렸었다, 이런 영혼의 쾌락은 잔인함이었지!

하지만 내 형제들아, 너희도 말해보라. 너희 몸은 너희 영혼에 대해 무어라고 말하느냐? 너희 영혼이란 게 가난, 오염, 하찮은 즐거움 아니냐?

진실로, 인간은 오염된 강물이다. 오염된 강물을 받아들이

---

• 19세기까지 유럽에서 기독교의 절대적인 도덕적 위치를 고려해서 읽어야 한다. 《차라투스트라는 이렇게 말했다》(이하 《차라투스트라》)는 전체적으로 이런 전통적인 기독교 사상에 대한 통렬한 비판을 담고 있다. 초지상적인(천상의) 것, 영적인 것, 신적인 것의 영역에서 우리의 관심을 지상의 것, 몸의 영역, 인간과 삶의 영역으로 되돌리려는 사상, 즉 삶의 철학이 여기 등장한다.

고도 스스로 오염되지 않으려면 바다 정도는 되어야 한다.

보라, 나는 너희에게 인간너머를 가르친다. 그가 바로 그 바다이니, 그 안에서 너희의 거대한 경멸은 무너져도 된다.•

너희가 경험할 수 있는 가장 위대한 것이 무엇인가? 위대한 경멸의 시간이 바로 그것이다. 너희의 행운조차 구역질이 되고, 너희 이성과 미덕도 구역질이 되는 시간.

너희가 이렇게 말하는 시간이다. "내 행운이란 게 뭐가 중요하냐! 그건 가난, 오염, 하찮은 즐거움이다. 하지만 내 행운은 삶[여기 있음] 자체를 정당화해주는 것이라야 한다!"

너희가 이렇게 말하는 시간이다. "내 이성이란 게 뭐가 중요하냐! 사자가 먹이를 탐하듯, 이성은 지식을 탐하는가? 이성은 가난, 오염, 하찮은 즐거움이구나!"라고.

너희가 이렇게 말하는 시간이다. "내 미덕이란 게 뭐가 중요하냐! 미덕은 아직 나를 미치게 만들지 않았다. 나는 내 선과 악에 얼마나 물렸는지! 그 모든 건 가난, 오염, 하찮은 즐거움이다!"

너희가 이렇게 말하는 시간이다. "내 공정함이란 게 뭐가

---

• 우리가 인간너머에 도달한다면 인간을 향한 거대한 경멸이 없어져도 된다. 하지만 진화에서 이런 발전의 단계, 곧 인간너머란 개인이 도달하는 단계가 아니라 종 전체의 진화를 뜻하고, 따라서 그것은 모든 강물을 받아들인 거대한 바다와 같다.

중요하냐! 나는 내가 불길이자 동시에 연료라고 여기지 않는다. 하지만 공정한 자는 불길이자 연료지!"

너희가 이렇게 말하는 시간이다. "내 동정심이란 게 뭐가 중요하냐! 동정심이란 인간을 사랑하는 그분이 거기 못 박혀 처형당하는 십자가 아니냐? 하지만 내 동정심은 십자가 처형이 아니다"라고.

너희는 벌써 그렇게 말했느냐? 벌써 그렇게 소리쳤느냐? 너희가 그렇게 소리치는 것을 나는 들었으면 좋겠구나!

너희의 죄가 아니라―너희 만족감이 하늘을 향해 소리친다, 너희의 죄악에 들어 있는 탐욕 자체가 하늘을 향해 소리친다!

너희를 그 혀로 핥아줄 번개는 어디 있느냐? 너희가 접종받아야 할 광증은 대체 어디 있는 거냐?

보라, 나는 너희에게 인간너머를 가르친다. 인간너머가 바로 이런 번개요, 이런 광증이다!―

차라투스트라가 이 말을 하고 났을 때 민중 사이에서 한 사람이 외쳤다. "줄타기 광대에 대한 설명은 실컷 들었다. 이제 그를 보여다오!" 모든 사람이 차라투스트라를 비웃었다. 하지만 그 말이 저를 향한 것인 줄 여긴 광대가 줄타기를 시작했다.

4

차라투스트라는 민중을 바라보며 이상히 여겼다. 그러고 나서 그는 말했다.

인간은 짐승과 인간너머 사이에 매어진 밧줄이다—심연 위에 걸린 밧줄.

건너가기는 위험하고 길 위에 있기도 위험하며, 돌아보기도 위험하고, 떨거나 멈추어 서 있기도 위험하다.

인간에게 있어 위대한 점은 그가 목적이 아니고 다리라는 사실이다. 인간이 사랑받을 점은 그가 **과정**이자 **몰락**이라는 사실이다.

몰락하는 자로서 말고는 달리 살 줄을 모르는 자들을 나는 사랑한다. 이들은 저편으로 넘어가는 자들이기에.

위대한 경멸자들을 나는 사랑한다. 이들은 위대한 숭배자들이며, 강 저편을 향하는 동경의 화살이기에.

몰락하고 헌신할 이유를 별들 뒤에서[즉 초지상적인 것, 천상의 것을] 찾지 않고, 이 땅이 앞으로 언젠가는 인간너머의 땅이 되도록 땅에 자신을 바치는 자들을 나는 사랑한다.

인식하기 위해 살고, 언젠가 인간너머가 살도록 인식하려는 자를 나는 사랑한다. 그렇게 그는 자신의 몰락을 원한다.˙

인간너머가 살 집을 짓고, 그에게 땅과 짐승과 식물을 마련

해주려고 일하고 발명하는 자를 나는 사랑한다. 그렇게 그는 자신의 몰락을 원하는 것이므로.

저의 미덕을 사랑하는 자를 나는 사랑한다. 미덕이란 몰락하려는 의지이며, 동경의 화살이니까.

자신을 위한 정신을 단 한 방울도 남기지 않고, 온전히 미덕의 정신이 되고자 하는 자를 나는 사랑한다. 그렇게 그는 정신이 되어 다리를 건너는 것이니.

자신의 미덕으로 자신의 취향과 운명을 만드는 자를 나는 사랑한다. 그렇게 그는 자신의 미덕을 위해 더 살거나 그만 살기를 바랄 것이기 때문에.

너무 많은 미덕을 갖지 않으려는 자를 나는 사랑한다. 하나의 미덕은 두 개의 미덕보다 더욱 미덕이다. 하나의 미덕은, 운명이 더욱 많이 맺히는 매듭이니까.

그의 영혼이 자기 자신을 퍼주고, 감사를 받으려고도 감사를 되돌려주지도 않는 자를 나는 사랑한다. 그는 언제나 내주

- 저 자신의 안위를 목표로 삼고 자신의 명성이나 번영을 위해 인식하거나 활동하는 것이 아니라 미래 세대, 미래의 인류를 위해 자신을 기꺼이 내던지는 태도가 핵심이다. 실제로는 현실에서 인간이 거의 지니지 않는 행동이며 태도다. 성공하거나 학자로서 이름을 얻은 사람이 나이 들면 당연히 이럴 거라고 기대하지만, 실은 그런 경우를 찾아보기 힘들다. 이것은 '자신의 몰락'을 원하는 관점이기 때문이다. 즉 미래의 인간 또는 인간너머를 위해 나 자신은 이대로 스러져 소멸해도 좋다는 관점이다.

면서 자신을 보존하려 하지 않으므로.

주사위를 던져 저한테 행운이 나오면 스스로 부끄럽게 여기며, "나는 사기도박꾼인가?"라고 묻는 자를 나는 사랑한다―그는 몰락하기를 바라므로.

황금의 말(語)들을 행동보다 먼저 내놓고, 언제나 제가 약속한 것보다 더 많이 지키는 자를 나는 사랑한다. 그는 자신의 몰락을 원하므로.

미래의 인간들을 정당화하고 과거의 인간들을 구원하는 자를 나는 사랑한다. 그는 현재의 인간들에게 부딪쳐 몰락하려 하므로.

신을 사랑해서 저의 신을 엄히 벌주는 자를 나는 사랑한다. 그는 신의 노여움을 사서 몰락하지 않을 수 없을 테니까.

부상을 입고도 그 영혼이 깊은 사람, 작은 체험들에서 몰락할 수 있는 사람을 나는 사랑한다. 그는 기꺼이 다리를 건너가므로.

영혼이 가득 차 넘쳐서 자기 자신을 잊고, 제 안의 모든 사물이 되는 자를 나는 사랑한다. 그 모든 사물이 그의 몰락이 될 것이므로.

자유로운 정신과 자유로운 심장의 사람을 나는 사랑한다. 그의 머리는 오직 그 심장의 핵심일 뿐인데, 그의 심장은 그를 몰락으로 몰아간다.

사람들 머리 위에 걸린 검은 구름장에서 낱개로 떨어져 내리는 무거운 물방울 같은 모든 자를 나는 사랑한다. 그들은 번개가 칠 것을 예고하고, 이렇듯 예고하는 자로서 몰락한다.

보라, 나는 번개를 알리는 자요, 구름에서 떨어지는 무거운 물방울 하나다. 이 번개는 **인간너머**라는 이름이다. ―

5

차라투스트라는 이 말을 하고 나서 다시 민중을 바라보고 침묵했다. 그는 제 마음을 향해 말했다. "저기 저들이 서서 웃는구나. 저들은 나를 이해하지 못해. 나는 이런 귀들에게 어울리는 입이 아니야.

그들이 배우도록, 눈으로 듣도록, 먼저 그들의 귀를 부수어야 하나? 북과 참회 설교사처럼 큰 소리로 소란을 떨어야 하나? 아니면 저들은 오로지 우물우물 말하는 자의 말만 믿는 건가?

저들은 스스로 자랑스럽게 여기는 뭔가를 갖고 있다. 그들이 스스로 자랑스럽게 여기는 걸 뭐라 부르지? 교양이라 부른다. 그건 그들을 양치기보다 뛰어나게 해주지.

그래서 저들은 자신에 대해 '경멸'이란 낱말을 그토록 듣기

싫어한다. 그렇다면 저들의 자부심을 향해 말해야겠다.

그러니까 가장 경멸스러운 자, 곧 **마지막 인간**˙에 대해 말해줘야겠다."

차라투스트라는 민중을 향해 다음과 같이 말했다.

인간이 스스로 목표를 정할 시간이 왔으니, 곧 저의 최고 희망의 싹을 심을 시간이다.

그의 토양은 아직은 그럴 만큼 비옥하다. 하지만 언젠가 이 토양은 빈곤해지고 길들 것이다. 그러면 키 큰 나무는 더 이상 자랄 수 없다.

슬프다! 인간이 더는 인간을 넘어 동경의 화살을 쏘아 보내지 않는 시간, 활줄이 부르르 떨리지 않는 시간이 올 것이다!

내 너희에게 이르노니, 춤추는 별을 낳으려면 제 안에 카오스를 지녀야 한다. 내 너희에게 말하노니, 너희는 속에 아직 그런 카오스를 지니고 있다.˙˙

슬프다! 인간이 더는 별을 낳지 못하는 시간이 온다. 슬프

---

- 인간너머에 대립하는 개념. 스스로를 모든 발전의 최종 목적이라 여기며, 자기가 가진 것과 자기 자신을 보존하기 위해 애쓰는 인간, 나 죽은 다음 내일 지상에 홍수가 닥쳐도 아무 상관이 없고, 심지어는 자식에 대한 참된 염려조차 별로 없이 오늘만 잘 살려는 인간이다.
- ˙˙ 새로운 질서를 창조하려면 이미 존재하는 질서가 무너진 카오스 상태가 전제된다.

다! 저 자신을 경멸할 줄 모르는, 가장 경멸스러운 인간의 시간이 온다.

보라! 난 너희에게 **마지막 인간**을 보여주겠다.•

"사랑이 뭐냐? 창조가 뭐냐? 동경이 뭐냐? 별이 뭐냐?"—라고 마지막 인간은 묻고 눈을 깜박거린다.

그때쯤 땅은 이미 작아졌을 거고, 땅 위에선 모든 걸 작게 만드는 이런 마지막 인간이 껑충거린다. 그 종족은 바퀴벌레처럼 없앨 수가 없다. 마지막 인간은 가장 오래 산다.

"우린 행운을 발명했다"—라고 마지막 인간들은 말하고 눈을 깜박인다.

그들은 살기 힘든 지역들을 떠났다. 인간은 온기가 필요하니까. 이웃을 사랑하고 이웃과 몸을 비빈다. 인간은 온기가 필요하거든.

병들거나 불신을 품는 건 그들에겐 죄악이다. 그들은 조심조심 걷는다. 돌이나 인간에 채어 비틀거리면 바보지!

이따금 약간의 독. 그게 편안한 꿈을 만든다. 마지막엔 많은 독, 편안하게 죽으려고.

---

• 마지막 인간은 자신이 (진화의 또는 발전의) 최종 목적이라고 여긴다. 지금까지 지구에서 진행된 진화의 궁극적 목적이 현재의 인간인 셈이니, 앞으로 더는 발전의 여지가 없다.

인간은 아직 노동한다, 노동은 오락이므로. 하지만 이런 오락이 [저를] 공격하지 못하도록 조심한다.

인간은 더는 가난하지도 않고 부자도 아니다. 두 가지 모두 너무 힘드니까. 누가 아직도 다스리려 한단 말인가? 누가 아직 복종하는가? 두 가지 모두 너무 힘든 것을.

양치기 없는 거대한 양 떼! 누구나 같은 것을 바라고 누구나 평등하다. 다르게 느끼는 자는 자발적으로 정신병원으로 간다.•

"옛날엔 온 세상이 정신병에 걸렸었지"—가장 섬세한 자들은 이렇게 말하고 눈을 깜박인다.

인간은 영리해서, 일어난 일을 모조리 안다. 그래서 인간은 끝없이 비웃을 수 있다. 여전히 싸우긴 하지만 금방 화해한다—안 그랬다간 위장이 망가질 테니까.

낮을 위한 작은 쾌감과 밤을 위한 작은 쾌감이 있다. 하지만 사람들은 건강을 중히 여긴다.

"우리가 행운을 발명했지"—라고 말하며 마지막 인간들은 눈을 깜박인다.—

여기서 사람들이 '머리말'이라고도 부르는 차라투스트라의

---

• 민주주의의 이상인 '평등'.

처음 말씀이 끝났다. 대중의 즐거운 외침이 이 자리에서 그의 말을 끊었기 때문이다. "우리에게 이 마지막 인간을 다오, 오, 차라투스트라여"—이렇게 그들은 외쳤다—"우리를 이 마지막 인간으로 만들어다오! 그럼 우린 너한테 인간너머를 선물해줄게!"라고. 그리고 민중은 모두 환호성을 지르며 혀로 쩝쩝 입맛 다시는 소리를 냈다. 차라투스트라는 슬퍼져서 자기 마음을 향해 말했다.

"저들은 나를 이해하지 못한다. 난 이런 귀들에 어울리는 입이 아니구나.

나는 산속에서 너무 오래 살았나보다. 시냇물과 나무들 소리를 너무 많이 들었나봐. 나는 양치기들한테 하듯, 그들에게 말하고 있구나.

내 영혼은 움직임이 없고, 오전의 산처럼 밝다. 하지만 저들은 내가 냉혹해서, 무시무시한 농담으로 비웃는 자라고 여긴다.

지금 그들은 나를 보고 웃는다. 그들은 웃으면서도 나를 미워한다. 그들의 웃음에는 얼음이 들어 있구나."

# 6

그 순간 모두의 입을 닥치게 하고 모두의 눈을 얼어붙게 만드는 일이 벌어졌다. 줄타기 광대가 그새 이미 줄타기를 시작했었다. 그는 작은 문에서 걸어 나와 탑 두 개 사이, 시장(市場)과 사람들의 머리 위에 걸린 밧줄 위로 걸었다. 그가 밧줄 한복판에 이르렀을 때 작은 문이 한 번 더 열리더니 어릿광대같이 알록달록 차려입은 사내 하나가 튀어나와 빠른 걸음으로 줄타기 광대를 뒤따라왔다. "나아가라, 마비된 발아." 그의 무시무시한 목소리가 이렇게 외쳤다. "어서 가라, 나무늘보야, 밀수꾼아, 창백한 얼굴아! 내 발꿈치가 널 간질이지 않도록! 넌 이 탑들 사이에서 뭘 하는 거냐? 넌 탑에 속한 놈이니, 널 거기 가둬야 해, 너보다 나은 자가 나아갈 길을 막고 있잖아!"—이렇게 말하며 그는 점점 더 가까이 다가왔다. 그가 바로 한 걸음 뒤에 도달한 순간, 모두의 입이 닫히고 모두의 눈이 얼어붙는 무시무시한 일이 벌어졌다—그자는 악마처럼 큰 소리를 내지르며 제 길을 막은 자의 머리 위로 뛰어 넘어갔다. 하지만 앞서던 자는 경쟁자가 이기는 꼴을 보는 순간 이성과 밧줄을 동시에 놓쳤다. 장대를 내던지고 팔다리를 소용돌이처럼 휘두르며 장대보다도 빨리 떨어졌다. 시장과 민중은 폭풍이 들이칠 때의 바다 같았으니, 모두가 이리저리 흩어지는데

광대의 몸이 떨어질 자리가 가장 많이 흩어졌다.•

하지만 차라투스트라는 꼼짝도 하지 않고 그 자리에 서 있었다. 끔찍하게 망가지고 부서진 줄타기 광대의 몸뚱이는 바로 그의 옆으로 떨어졌지만, 아직 죽지는 않았다. 잠시 뒤에 부서진 자는 의식이 돌아왔고, 차라투스트라가 제 옆에 무릎 꿇고 앉아 있는 것을 보았다. "넌 뭘 하는 거냐?" 마침내 그가 말했다. "악마가 내 발을 걸어 넘어뜨리리란 걸 난 이미 오래전부터 알고 있었어. 이제 놈이 나를 지옥으로 끌고 간다. 넌 악마한테 대들려는 거냐?"

"내 명예를 걸고, 친구여." 차라투스트라가 대답했다. "자네가 말하는 그런 건 없어. 악마도 지옥도 없다. 자네 영혼은 자네 몸보다 빨리 죽을 거다. 그러니 아무것도 두려워 마라!"

그 사내가 의심스럽다는 듯이 올려다보았다. 그러고는 말했다. "그게 참말이라면, 목숨을 잃는다 해도 나는 잃는 게 아무것도 없는 거네. 사람들이 매질과 얼마 안 되는 먹이로 춤추기를 가르친 짐승보다 내가 나을 게 없으니."

"그렇지 않아." 차라투스트라가 말했다. "넌 위험을 너의 직

---

• 인간은 다리를 건너가는 자이며 이는 힘든 일이므로 반드시 추락을 각오해야 한다는 차라투스트라의 설명은 여기서 줄타기 광대의 사건을 통해 하나의 비유 또는 그림이 된다. 줄타기 광대는 두 탑 사이에 걸린 밧줄 타기라는 위태로운 일을 하는 도중에 위협적인 경쟁자의 등장으로 밧줄에서 떨어졌다.

분으로 삼았지, 거기 비웃을 일은 없어. 넌 그 직분을 행하다가 떨어진 거야. 그러니 나는 내 두 손으로 너를 묻어줄 셈이다."

차라투스트라가 이렇게 말했는데 죽어가는 자는 더 이상 대꾸가 없었다. 다만 감사의 뜻으로 차라투스트라의 손을 잡으려는 것처럼 손을 움직였다.―


7


그사이 저녁이 되고, 시장은 어둠에 덮였다. 호기심과 놀람도 지치게 마련이라 민중은 흩어졌다. 하지만 차라투스트라는 죽은 자의 곁 땅바닥에 앉아 생각에 빠져들었다. 그렇게 그는 시간을 잊었다. 마침내 밤이 되고 차가운 바람 한 줄기가 고독한 사람 위로 불어갔다. 그러자 차라투스트라는 몸을 일으키고 저의 심장을 향해 말했다.

"실로, 차라투스트라는 오늘 낚시질 한번 잘했구나! 하지만 인간은 못 잡고 시신 하나 건졌는걸.

인간의 여기 있음[삶]은 무시무시하다. 게다가 아무 의미도 없어. 어릿광대 하나가 그에게 끔찍한 운명이 되다니.

나는 사람들에게 제 있음[존재]의 의미를 가르쳐야겠다. 그 의미는 인간이라는 어두운 구름에서 나온 번개, 곧 인간너머다.

하지만 그들에게 나는 아직도 멀다, 나의 의미는 그들의 감각을 향해 말하지 못한다. 이 사람들에게 나는 바보와 시체의 중간에 있는 자일 뿐이다.

밤은 어둡고, 차라투스트라의 길도 어둡다. 오라, 너 차갑고 뻣뻣한 길동무야! 내 손으로 너를 파묻어줄 곳으로 너를 데려가야겠다."


8


차라투스트라는 제 마음을 향해 이렇게 말하고는 시신을 등에 짊어지고 길을 나섰다. 백 걸음도 채 못 갔는데 한 인간이 살그머니 옆으로 다가오며 그의 귀에 속삭였다―그리고 보라! 말하는 자는 저 탑에서 나온 어릿광대였다. "이 도시에서 나가라, 오, 차라투스트라여." 상대가 말했다. "여기선 너무 많은 사람이 너를 미워하거든. 선한 자들과 올바른 자들이 너를 미워하면서 네가 자기들의 원수이며 자기들을 경멸하는 자라고 부른다. 옳은 신앙을 믿는 자들이 널 미워하면서 널 대중의 위험이라 부른다. 사람들이 널 비웃은 건 너의 행운이었어. 실로 너는 어릿광대처럼 말했거든. 이 죽은 개[줄타기 광대]와 어울린 게 너한텐 행운이었다. 스스로 그토록 몸을 낮추었기에 오늘 넌 자신을 구했다. 하지만 이 도시에서 멀리 떠나라—그러지 않으면 내일 난 너의 머리 위로 뛰어넘겠다. 살아 있는 자가 죽은 자를 뛰어넘는 거지." 이 말을 하고 어릿광대는 사라졌다.* 하지만 차라투스트라는 어두운 골목들로 계속 걸었다.

도시 성문에서 그는 무덤 파는 일꾼들과 부딪쳤다. 그들은 횃불로 그의 얼굴을 비추어 차라투스트라임을 알아보고는 그를 몹시 비웃었다. "차라투스트라가 죽은 개를 짊어지고 가네. 차라투스트라가 무덤 파는 일꾼이 되다니 대단해! 우리 손은 너무 순수해서 이런 먹이엔 안 어울리거든. 차라투스트라가 악마에게서 먹이를 훔치려나보지? 그야 좋지! 식사에 행운이 따르기를! 악마가 차라투스트라보다 나은 도둑이 아니라면야!—악마가 저 둘을 훔쳐서 둘 다 먹어버릴걸!" 그들은 웃으며 서로 머리를 맞댔다.

차라투스트라는 아무 대답도 하지 않고 제 갈 길을 갔다. 숲과 늪지대를 따라 두 시간을 걷는 동안 그는 배고픈 늑대

---

* 이 말을 통해 줄타기 광대를 추락하게 만든 알록달록한 옷의 어릿광대가 어떤 존재인지 분명해진다. 그는 바로 "선한 자들과 올바른 자들 (……) 옳은 신앙을 믿는 자들"과 한편에 선 사람이다. 곧 기존 도덕률과 기독교 신앙을 대변하는데, 그들은 차라투스트라를 원수이자 위험 요소로 여긴다.

들의 울음소리를 너무나 많이 들었는데, 마침내 그에게도 배고픔이 찾아왔다. 그래서 그는 한 줄기 빛이 타오르는 고독한 집 앞에 멈추어 섰다.

"배고픔이 마치 강도처럼 나를 기습하는구나." 차라투스트라가 말했다. "숲과 늪에서 깊은 밤에 내 배고픔이 나를 기습하는군.

내 배고픔은 기묘한 변덕을 지녔구나. 자주 식사 시간 지난 다음에야 찾아오는데, 오늘은 종일 찾아오지 않았다. 배고픔은 대체 어디 있었던 거지?"

그러면서 차라투스트라는 그 집 문을 두들겼다. 늙은 사내 하나가 나타났다. 램프를 든 그가 물었다. "누가 나와 내 나쁜 잠을 찾아온 건가?"

"살아 있는 자 하나와 죽은 자 하나요." 차라투스트라가 말했다. "먹고 마실 것을 좀 주시오, 낮 동안엔 그걸 잊고 있었소. 배고픈 자를 먹이는 사람은 제 영혼에 활력을 얻을 거요. 지혜가 그렇게 일러주지요."

노인은 도로 떠났다가 금방 돌아와 차라투스트라에게 빵과 포도주를 내밀었다. "여긴 배고픈 자에겐 힘든 지역이라네." 그가 말했다. "그래서 난 여기 살지. 짐승과 사람이 은둔자인 나를 찾아오거든. 하지만 자네 길동무한테도 먹고 마시라고 하게, 그가 자네보다 더 피곤한걸." 차라투스트라가 대답했다. "내 길동무는 죽었소. 먹으라고 그를 설득하긴 어렵소." "그건 나하곤 상관없지." 노인이 퉁명스레 말했다. "내 집 문을 두드린 자는 내가 주는 걸 받아야지. 그러니 잘 먹고 안녕히들 가슈!"―

이어서 차라투스트라는 다시 두 시간을 더 걸으며 길과 별빛에 익숙해졌다. 그는 원래 밤길 걷는 자였고, 누구든 잠든 자의 얼굴 들여다보기를 좋아했기 때문이다. 하지만 동틀 무렵 차라투스트라는 깊은 숲에 이르렀고, 더는 길이 보이지 않았다. 그는 속 빈 나무 안으로 들어가 머리맡에 죽은 자를 내려놓고―늑대들에게서 보호하려고―자신도 바닥의 이끼 위에 누웠다. 몸이 고단해 곧바로 잠들었으나, 영혼은 흔들림이 없었다.

9

차라투스트라는 오래 잤다. 아침 여명만이 아니라 오전 시간도 그의 얼굴을 스쳐 지나갔다. 마침내 그가 눈을 떴다. 차라투스트라는 이상하게 여기며 숲과 정적을 바라보았고, 이상히 여기며 제 내면을 들여다보았다. 그런 다음 갑자기 육지를 본 뱃사람처럼 잽싸게 일어나 환호성을 질렀다. 새로운 지혜 하나를 보았기 때문이다. 그래서 그는 제 마음을 향해 말했다.

"한 줄기 빛이 내게 떠올랐다. 난 동무들이 필요해, 살아 있는 동무들—내가 어디로 가든 짊어지고 갈 죽은 길동무 시체 말고.

그런 거 말고 살아 있는 길동무들이 필요하다, 제가 따라오고 싶어서 나를 따라오는 자들—내가 가고자 하는 곳으로 말이다.

한 줄기 빛이 내게 떠올랐다. 차라투스트라는 민중이 아니라 동무들한테 이야기해야 한다! 차라투스트라는 무리를 이끄는 양치기[목자]나 양치기 개가 되어선 안 된다!

무리에서 많은 자를 꾀어내기—나는 그러려고 왔다. 민중과 무리가 나한테 성내라지. 차라투스트라는 목자들에게 도둑이라 불리고 싶다.

난 목자라 말하지만, 그들은 자신들을 선하고 올바른 자들이라 부른다. 난 목자라고 부르지만, 그들은 자기 자신을 옳은 신앙의 신도들이라고 부른다.

선하고 올바른 자들을 보라! 그들은 누구를 가장 미워하나? 자기들이 내놓는 가치의 서판[목록]을 부수어 깨뜨리는 자, 곧 범죄자를 가장 미워한다—하지만 그건 실은 창조하는 자다.\*

창조하는 자는 시체가 아니라 동무들을 찾으려 한다. 양 떼나 신자들을 찾는 것도 아니다. 창조자는 함께 창조하는 자들을 원한다. 새로운 서판에 새로운 가치를 쓸 사람들을.

창조하는 자는 동무들을, 함께 추수할 자들을 찾으려 한다. 모든 게 추수할 수 있도록 여물었으니 말이다. 다만 그에겐 백 개의 낫이 부족하다. 그래서 그는 이삭을 잡아 뽑으며 화를 낸다.

창조자는 동무들을 찾으며, 자기 낫을 갈아놓을 줄 아는 자들을 찾는다. 사람들은 그들을 파괴자라고, 선악을 경멸하는 자라고 부른다. 실은 그들은 추수하는 자, 축하 잔치를 벌이는 자들이다.

차라투스트라는 함께 창조하고 함께 추수하고 함께 축하 잔치를 벌일 자들을 찾는다. 그가 양 떼나 목자들, 시신들과 무슨 일을 하랴!

너, 나의 첫 길동무야, 잘 있어라! 내 너를 텅 빈 나무 속에 잘 묻어주었다. 늑대들이 파먹지 못하게 잘 감추어주었다.

- 기존의 가치를 부수어야 새로운 가치를 창조할 수 있다. 현재의 선하고 올바른 자들이나 종교의 신도들, 곧 기존 가치의 옹호자들은 새로운 가치의 창조자들을 적으로 여겨 미워하는데 이는 당연한 일이다. 예컨대 신약성서에서 예수는 새로운 가치의 창조자였기 때문에 유대교 제사장과 지도자들의 미움을 받았고, 결국은 십자가에 못 박혀 죽임을 당했다.

하지만 나는 이제 너를 떠나간다. 시간이 되었으니. 아침 여명과 아침 여명 사이에 새로운 지혜 하나가 내게로 왔거든.

나는 양치기나 무덤 파는 일꾼이 되어선 안 된다. 나는 다시는 민중과 이야기하지 않겠다. 죽은 자에게 말한 건 이번이 마지막이다.

나는 창조자, 추수하는 자, 축하 잔치를 벌이는 자들과 동무가 되겠다. 그들에게 무지개를 보여주고, 인간너머로 가는 계단들을 모조리 보여주겠다.

혼자 은둔한 자들과 둘이 은둔한 자들에게 내 노래를 들려줄 셈이다. 이제껏 들어보지 못한 것을 들을 귀를 지닌 자의 마음을 내 행운으로 묵직하게 만들어주겠다.

나는 내 목적지를 향해 내 길을 간다. 망설이며 게으른 자들을 뛰어넘어 가리라. 그러므로 나의 길은 너희의 몰락이 되어야 한다!*


10


차라투스트라가 자기 마음을 향해 이런 말을 마쳤을 때, 태양은 마침 정오에 있었다. 그 순간 그는 질문하듯 높은 곳을 올려다보았다—머리 위에서 날카로운 새의 외침을 들었기 때문이다. 그리고 보라! 독수리 한 마리가 공중에서 큰 원을 그리며 날고 있는데, 뱀 한 마리가 독수리에게 매달려 있었다. 먹이가 아니라 친구처럼 매달려 있었다. 뱀이 독수리의 목을 감고 있으니 말이다.

"이들이 나의 짐승이다!" 차라투스트라는 이렇게 말하고는 마음에서 기뻐했다.

"태양 아래 가장 자부심이 강한 짐승[독수리]과 태양 아래 가장 영리한 짐승[뱀]—그들이 정보를 수집하러 날아왔다.

그들은 차라투스트라가 아직 살아 있는지 알아내려고 한다. 진실로, 나는 아직 살아 있는가?

- 〈차라투스트라의 머리말〉에서 차라투스트라는 이 책이 누구를 향해 말하는 것인지를 밝힌다. 그는 양 떼나 양치기, 민중, 선하고 올바른 자들, 옳은 신앙의 신자들을 향해 말하지 않는다. 그는 양 떼에서 될 수 있으면 많은 사람을 유혹해내기를 원하지만, 근본적으로는 **창조자, 추수하는 자, 축하 잔치를 벌이는 자들**과 동무가 되고자 한다. 그러니까 이것은 일상의 가치관과 관심, 자신의 소소한 행복을 원하는 보통의 독자들을 위한 책이 아니다. 이 책에 쓰인 경구들은 원래부터 창조하는 자를 위한 것이다. 그리고 여기서 창조하는 자란 기존 질서를 파괴하는 자를 가리킨다. 즉 기존 도덕률과 신앙을 파괴하고 새로운 가치를 만들어내고 그것을 기뻐하는 자들이다.

  크게 보면 이것은 개인이 아니라 사회 전체의 역사와 발전이라는 관점에서, 심지어 진화의 관점에서 새로운 가치를 창조하는 자의 삶이 어떠해야 할지를 설파하는 책이다. 독자가 이 책의 경구들을 소소한 일상에 적용하려 하면 언뜻 그럴싸하게 들리는 구절들을 쉽게 찾아낼 수 있지만, 바로 다음 순간 도로 이해할 수 없게 되면서 전체 내용을 오해하기 쉽다. 이 책이 일상의 관심을 일부 포함하기도 하지만 근본적으로는 그와는 다른 맥락에서 다른 내용을 다루기 때문에 벌어지는 일이다.

나는 짐승들 사이에 있는 것보다 인간들 사이에 있는 게 더 위험하다는 걸 알았다. 차라투스트라는 위험한 길을 간다. 내 짐승들이 나를 안내하기를!"

차라투스트라는 이 말을 하고 나서 숲의 성인이 한 말을 기억하고는 한숨을 쉬며 제 마음에 대고 말했다.

"내가 더 영리하다면 좋겠구나! 나의 뱀처럼 근본부터 영리하다면!

하지만 나는 불가능한 걸 바라는 거지. 그러니 내 자부심이 항상 내 영리함과 함께하기를 바란다!

언젠가 내 영리함이 나를 떠난다면—아, 영리함은 도망치는 걸 좋아하거든!—그래도 여전히 내 자부심이 내 어리석음과 함께 날아오르기를!"

— 차라투스트라의 하강은 이렇게 시작되었다.

차라투스트라의 말씀

## 세 가지 변화에 대해

너희에게 정신의 세 가지 변화를 말하겠다. 어떻게 정신이 낙타가 되고, 낙타는 사자가 되고, 마지막에 사자는 어린이가 되는지를.

강하고 잘 견디는 정신, 경외심을 지닌 정신에는 힘든[무거운] 것들이 많다. 그의 강인함은 힘든 것, 가장 힘든 것을 갈망한다.

무엇이 힘든가? 잘 견디는 정신은 이렇게 묻고 낙타처럼 무릎을 꿇는다. 그리고 짐이 가득 실리기를 바란다.

무엇이 가장 힘든[무거운] 것이냐, 너희 영웅들아? 짐을 잘 짊어지는 정신은 이렇게 묻는다. 난 그걸 짊어지고 내 강인함을 기뻐하겠다.

자신의 오만에 고통을 주려고 저를 낮추는 것이 [가장 힘든 일] 아닌가? 저의 지혜를 비웃으려고 저의 어리석음을 드러내는 것이 아니겠느냐?

아니면 이건가? 우리 하는 일이 승리를 축하하는 순간, 거기서 멀어지는 것? 유혹자[악마]를 시험하려고 높은 산에 오르는 건가?

아니면 이건가? 인식의 도토리와 풀로만 연명하며 진실을 위해 영혼의 배고픔을 견디는 것?

아니면 이건가? 병들었는데 위로하는 자들을 집으로 돌려보내고, 네가 무얼 바라는지 아무것도 듣지 못하는 귀머거리와 친구가 되는 것?

아니면 이건가? 진실의 물이기만 하다면 더러운 물속으로 들어가, 차가운 개구리나 뜨거운 두꺼비를 몸에서 밀어내지 않는 것?

아니면 이건가? 우리를 경멸하는 자들을 사랑하고, 유령이 우리를 겁먹게 만들려 하면 유령에게 손을 내미는 것?

짐 짊어지는 정신은 이렇게 가장 힘든 일들을 모조리 짊어진다. 짐을 지고 사막으로 들어가는 낙타처럼, 이런 정신은 서둘러 자신의 사막으로 들어간다.

하지만 가장 고독한 사막에서 두 번째 변화가 일어난다. 여기서 정신은 사자가 된다. 정신은 강제로 자유를 차지해 자신의 사막에서 주인이 되고자 한다.

여기서 정신은 저의 마지막 주인을 찾아내려 한다. 저의 마지막 주인, 곧 저의 마지막 신(神)의 적이 되어, 그 거대한 용[마지막 신]과 싸워 승리를 얻으려 한다.

정신이 이제 더는 주인, 곧 신이라고 부르고 싶어 하지 않는 거대한 용이란 무엇인가? 그것은 "너는 마땅히 해야 한다(Du-sollst)"\*라는 말이다. 하지만 사자가 된 정신은 말한다. "난 하고자 한다(Ich will)"라고.

"너는 마땅히 해야 한다"가 그의 길에 가로놓여 있다. 황금색 불꽃을 번득이는, 비늘 덮인 짐승, 그 비늘에서 제각기 황금색으로 "넌 마땅히 해야 한다!"가 번쩍인다.

그 비늘에서 1000년 묵은 가치들이 번쩍인다. 모든 용 중에 가장 강력한 용은 말한다. "만물의 모든 가치―그것이 내 몸에서 번쩍인다."

"모든 가치는 이미 창조되었다. 창조된 모든 가치―그게 바로 나다. '난 하고자 한다'라는 게 더는 존재해선 안 된다!" 용은 이렇게 말한다.

내 형제들아, 정신에서 사자는 무엇을 위해 필요한가? 체념하고 경건한, 짐 짊어지는 짐승에게는 뭐가 부족한가?

새로운 가치를 창조하기―그건 사자도 못 한다. 하지만 새

---

* 십계명은 모두 이 말로 시작한다(〈신명기〉 5장).

로운 창조를 위한 자유를 마련하기—사자의 힘은 그걸 할 수 있다.

자유를 마련하고, 의무 앞에서도 거룩한 '아니(Nein)'를 외치는 것, 나의 형제들아, 그 일을 위해 사자가 필요하다.•

새로운 가치를 만들 권리를 차지하기—그것은 짐 짊어지는 경건한 정신[낙타]에겐 가장 끔찍한 약탈이다. 실로 이것은 약탈이니 맹수가 할 일이다.

정신은 한동안 "너는 마땅히 해야 한다"를 자신의 가장 거룩한 의무로 여겨 사랑했다. 이제는 가장 거룩한 것 안에도 광증과 멋대로의 요소가 있음을 보고, [전해 내려오는 지식과 기존 질서를 향한] 자신의 사랑에서 억지로 자유를 빼앗아야 한다는 것을 보지 않을 수 없다. 이런 약탈을 위해 사자가 필요하다.

하지만 내 형제들아, 사자도 못 하는 무엇을 어린이가 할 수 있다는 말인가? 약탈하는 사자가 다시 어린이가 되어야 하는 것은 무엇 때문인가?

---

• 모든 가치는 이미 만들어졌으니, 새로운 가치를 만들면 안 되고 기존 가치를 계속 추종하라고 거대한 용은 요구한다. 당시 유럽에서 가장 거대한 기존 가치는 신(기독교)이다. 창조하는 정신은 처음에는 기존 가치에 순응하며 그것을 익히는 낙타의 단계를 견디지만, 일단 어느 정도 익히고 나면 언젠가는 기존 가치에 맞서 일어서야 한다. 정신은 이제 낙타에서 사자로 변해 "아니, 나는 이걸 원해"라고 말하는 자유를 쟁취해야 한다.

어린이는 무죄함이고 망각, 새로 시작함, 놀이, 스스로 구르는 바퀴, 최초의 움직임, 거룩한 '그래(Ja)'라고 말하기다.

그렇다, 내 형제들아, 창조라는 놀이를 위해선 거룩한 '그래'라고 말하기가 필요하다. 정신은 **저의** 의지를 원하고, 세계를 잃은 자는 **저의** 세계를 얻는다.

나는 너희에게 정신의 세 가지 변화를 말했다. 어떻게 정신이 낙타가 되고, 낙타는 사자가 되고, 마지막에 사자는 어린이가 되는지를.\* ―

차라투스트라는 이렇게 말했다. 당시 그는 '얼룩소'라 불리는 도시에 머물고 있었다.

---

- 낙타는 정신이 기존 가치를 받아들여 묵묵히 습득하고 수행하는 단계, 사자는 기존 가치에 맞서 반기를 들고 '아니'라고 말할 용기, 곧 자유를 쟁취하는 단계, 어린이는 기존 가치를 대신할 새로운 가치를 만드는 창조의 단계를 나타낸다. 즉 먼저 힘들게 기존 가치를 익히고 수용하지만, 이어서 그것을 깨부수고(부정), 마지막으로 새로운 가치를 창조하는 긍정의 단계로 나아가야 한다. 모든 독립적이고 창조적인 정신이 통과하는 단계를 간결한 이미지로 나타낸 것이다.

## 미덕의 강좌들에 대해

 사람들이 잠과 미덕에 대해 훌륭하게 강의한다는 현자 한 명을 차라투스트라에게 칭찬했다. 그는 몹시 존경받고 보상도 받으며, 게다가 모든 젊은이가 그의 강의를 들으러 모여든다는 거다. 차라투스트라는 그에게로 가서 젊은이들과 함께 강의를 들었다. 현자는 다음과 같이 가르쳤다.
 잠을 존중하고 또 잠 앞에서 부끄러워하라! 이것이 첫째로 할 일이다. 잠을 못 자고 밤에 깨어 있는 모든 자를 피하라!
 도둑조차 잠 앞에서는 부끄러워한다. 도둑은 언제나 밤을 통해 조용히 훔친다. 하지만 야경꾼은 부끄럼 모르고 뿔 나팔을 들고 다닌다.
 잠자기란 결코 하찮은 기술이 아니다. 잠을 위해서는 종일 깨어 있어야 한다.

낮 동안 열 번 너 자신을 극복해야 한다. 그것은 좋은 피로를 만드는 영혼의 양귀비다.

낮 동안 열 번 자신과 화해해야 한다. 극복은 힘든 일이지만, 화해하지 못한 자는 잠을 잘 이루지 못하기 때문이다.

낮 동안 열 가지 참[진실, 진리]을 찾아내야 한다. 그러지 않으면 밤에도 참을 구할 테고, 너의 영혼은 계속 배고프다.

낮 동안 열 번 웃고 명랑해야 한다. 그러지 않으면 우울증의 아버지인 위장이 밤에 너를 방해한다.

이걸 아는 사람이 별로 없지만, 잠을 잘 자려면 온갖 미덕을 지녀야 한다. 거짓 증언을 할 것인가? 간통할 것인가?

내 이웃의 하녀를 탐할 것인가? 이 모든 게 좋은 잠과는 어울리지 않는다.

설사 이 모든 미덕을 지녔다 해도, 한 가지를 더 알아야 한다. 미덕들도 제때 잠자리로 보내라는 것이다.

귀여운 여자들인 미덕이 서로 싸우지 않도록 말이다. 특히 너를 두고 싸우지 않도록, 너 불운한 자여!

신과 화평하게 지내고 이웃과도 화평하게 지내라. 좋은 잠은 그걸 바란다. 네 이웃의 악마와도 화평하게 지내라. 그러지 않으면 그 악마가 밤에 네 주변을 배회할 것이다.

권위와 복종을 존중하라, 설사 비뚤어진 권위라 해도! 좋은 잠이 그걸 바란다. 권력은 비뚤어진 다리로 툭하면 비틀비틀

헤매지만, 그거야 난들 어쩌랴?

자신의 양 떼를 가장 초록의 목초지로 이끄는 자가 내게는 언제나 최고 목자다. 그건 좋은 잠과 잘 어울린다.

나는 많은 명예나 큰 재물을 바라지 않는다. 그런 건 비장에 염증을 일으킨다. 하지만 좋은 이름[평판]과 약간의 재물 없이는 잠을 잘 이루기 힘들다.

나쁜 모임보다는 작은 모임이 더 환영할 만하다. 하지만 그런 모임은 제때 가고 와야 한다. 그래야 좋은 잠과 잘 맞는다.

정신적으로 가난한 자들도 몹시 내 마음에 든다. 그들은 잠을 격려한다. 그들이 언제나 옳다고 인정해주면, 특히 그들은 행복해한다.

미덕이 있는 자의 낮은 이렇게 흘러간다. 이제 밤이 오면, 나는 잠을 부르지 않으려고 조심한다! 미덕의 주인인 잠은 부름받기를 원치 않는다.•

잠을 부르지 말고, 내가 낮에 무엇을 했고 무슨 생각을 했는지 생각한다. 암소처럼 참을성 있게 곱씹으며 자신에게 질문한다. 너의 열 개의 극복은 무엇이냐?

---

• 여기 언급된 미덕들은 대개는 동서양에 알려진 생활의 지혜들이다. 미덕을 강의하는 교수는 잠이 미덕의 주인이자 핵심이고, 잠을 잘 자기 위해 미덕을 갖추어야 한다는 논리를 펼친다.

그리고 열 개의 화해는 무엇이며, 열 개의 참은 무엇이고, 내 마음에 좋게 작용한 열 번의 웃음은 무엇인가?

그런 식으로 마흔 개의 생각에 흔들리다보면, 부름받지 않고도 미덕의 주인인 잠이 갑자기 나를 엄습한다.

잠이 내 눈을 노크하면 눈이 무거워진다. 잠이 내 입술을 건드리면 입술이 벌어진다.

진실로, 모든 도둑 중에 가장 사랑스러운 이 도둑은 부드러운 밑창이 달린 신발을 신고 조용히 내게로 와서 내 생각들을 훔친다. 난 여기 이 의자처럼 멍하니 서 있다.

하지만 오래 서 있지 않고, 벌써 누워 있다.—

차라투스트라는 이 현자가 말하는 것을 듣고 마음속으로 혼자 웃었다. 불 하나가 번쩍 켜졌기 때문이다. 그는 제 마음을 향해 말했다.

"이 현자는 마흔 개 생각을 지닌 광대구나. 하지만 내 생각에 그는 잠을 잘 이해하고 있다.

이 현자 근처에 사는 자는 행복하겠다. 이런 잠은 전염성이 있으니 두툼한 벽마저 뚫고 전염되지.

그의 강좌 자체에 마법이 깃들어 있다. 젊은이들이 이 미덕의 설교자 앞에 앉아 있는 게 공연한 일은 아니다.

그의 지혜란 [요약하면] 이렇다. 잠을 잘 자려면 깨어 있으라. 실로 삶이 아무 의미도 없다면, 그래서 내가 무의미를 골

라야 한다면, 이거야말로 가장 고를 만한 무의미라고 해야 할 것이다.

사람들이 미덕의 교수를 구할 적에 무엇보다 중히 여기고 고른 게 무언지 분명히 알겠다. 좋은 잠을 구했던 거고, 거기 덧붙여 양귀비 같은 미덕도 원했던 거지.

교수 중에서도 찬양받는 이런 현자들에게, 지혜란 꿈 없는 잠을 뜻한다. 그들은 삶에서 그보다 나은 의미를 알지 못하니.*

오늘날에도 이런 미덕의 설교자와 비슷한 자들이 몇 있는데, 꼭 정직한 자들인 것도 아니다.** 하지만 그들의 시간은 끝났다. 그들은 더 이상 오래 서 있지 않을 것이다. 그들은 벌써 자리에 누워 있으니까.

졸린 자들은 행복하구나. 곧 잠이 들 테니까."—


차라투스트라는 이렇게 말했다.


- 차라투스트라는 이런 지혜를 삶의 '무의미'라고 부른다. 우리는 결국 잠을 잘 자기 위해 산다는 말인가? 좋은 잠은 대개는 기존 질서에 순응하고, 이웃 사이에 말썽을 일으키지 않는 삶에 기초한다. 그런 좋은 잠이 삶의 목표라면, 교수가 가르치는 것이 제일 좋은 방식일 텐데, 차라투스트라는 그런 삶을 '무의미'의 삶이라 부른다.
- ** 어떤 미덕을 진지하게 설교하는 자는, 마치 엄격한 윤리가인 척하지만, 알고 보면 좋은 잠을 원하는 사람일 뿐이다. 다만 그들은 이 교수처럼 솔직하게 시인하지도 않는다.

## 뒤편 세상 사람들에 대해

 예전에 차라투스트라도 모든 뒤편 세상* 사람들이 그러듯, 저의 망상을 인간 저편으로 던진 적이 있었다. 당시 내게는 세상이 번민에 찬 고통받는 신(神)의 작품으로 보였다.

 세상이 내게는 꿈이며 신의 문학작품으로 보였다. 거룩하게 불만족한 자의 눈앞에 펼쳐지는 오색 연기.

 선과 악, 쾌감과 고통, 나와 너—내게는 그것이 창조하는 눈길 앞에 펼쳐진 오색 연기로 여겨졌다. 창조주는 자기 자신에게서 눈길을 돌리고 싶었고—그래서 세상을 만들었다.

* 문자 그대로의 뜻을 살려 '뒤편 세상'이라고 번역한 'Hinterwelt'는 원래 없는 단어다. 현상의 뒤편에 본질의 세계가 감추어져 있다는 의미로 고대 그리스 철학에서 유래하며, '있음(존재)'을 주로 다루는 형이상학을 가리킨다. 뒷날 기독교는 형이상학의 도움으로 신의 있음을 증명했다.

자신의 고통에서 눈길을 돌리는 것과 자기 자신을 잃어버리는 것, 그것은 고통받는 자에게는 도취한 쾌감이다. 한동안 세상이 내게는 도취한 쾌감, 자기-자신-잃어버리기로 보였다.

영원히 불완전한 이 세상, 영원한 모순의 초상, 불완전한 초상—그것의 불완전한 창조주에게는 도취한 쾌감—세상은 내게는 한때 그렇게 보였다.•

모든 뒤편 세상 사람들과 똑같이, 그렇게 나도 한동안 내 망상을 인간의 저편으로[신에게로] 던졌다. 진짜로 인간의 저편이었던가?

아, 너희 형제들아, 내가 창조한 이 신은, 모든 신이 그렇듯 인간의 작품이요, 인간의 망상이었다.••

그[신]는 인간이었고, 겨우 가련한 한 조각 인간인 '나'일 뿐이었다. 이 유령은 자신의 재와 불꽃에서 내게로 왔으니, 실은! 저편에서 온 것도 아니었다!

무슨 일이 있었나, 내 형제들아? 나는 고통받는 사람인 나 자신을 극복했다. 나 자신의 재를 들고 산으로 올라가서 더 밝은 불꽃을 발명했다. 그러자, 보라! 저 유령이 내게서 **물러**

---

- 세상이 불완전하고 모순되기는 하지만, 그래도 어쨌든 '신이 세상을 만들었다'고 생각했다는 것이다.
- • 실은 그 신마저도 인간이 만들어낸 망상이었다. 철학자 루드비히 포이어바흐(1804~1872)의 주장과 일치한다.

**났다!**•

병이 나은 자가 그런 유령들을 믿는다면 이제 그거야말로 고통이자 아픔, 고통이자 굴욕일 것이니. 나는 뒤편 세상 사람들에게 말하노라.

고통과 무능—그것이 온갖 뒤편 세상들••을 만들었다. 가장 고통받는 사람만 경험하는 짧은 행복의 망상이 그런 걸 만들었다.

단 한 번의 도약으로, 즉 죽음의 도약으로 마지막에 이르고 싶어 하는 피로감, 더는 [그 무엇을] 바라려고도 하지 않는 가련하고 무지한 피로감, 그것이 모든 신과 뒤편 세상들을 만들었다.

내 말 믿어라, 내 형제들아! 몸에 절망한 주체는 [정신이 아니고] 몸이었다—현혹된 정신의 손가락들로 몸이 마지막 벽들을 더듬었다.

내 말 믿어라, 내 형제들아! 몸이 땅에 절망한 주체였다—몸

---

• 〈차라투스트라의 머리말〉에서 차라투스트라는 자신의 재를 들고 산으로 가서 10년을 보냈다. 〈차라투스트라의 머리말〉 제2장에서 그를 만난 성인은 산에서 내려온 그가 변했다고 말한다. 어린이가 되고 깨어난 자가 되어 있었다.

•• 앞의 문장들을 통해 이제 '뒤편 세상'이 뭔지 짐작할 수 있다. 우리 눈에 보이는 현상의 뒤편에 '신' 또는 '이데아'라는 본질의 세계가 있다고 여기는 형이상학의 이념으로, 가장 단순하게 보면 기독교의 세계관이다.

은 존재[있음]의 복부(腹部)*가 저 자신에게 말하는 걸 들었다.

몸은 머리로 마지막 벽들을 뚫고, 머리만이 아니라 온몸이—'저세상'으로 넘어가려 했다.

하지만 '저세상'은 인간에겐 잘 감추어져 있다. 인간다움을 잃은 비인간적인 것, 즉 하늘의 무(無)인 저세상은 감추어져 있다. 존재[있음]의 복부는, 인간으로서 말고는 인간에게는 전혀 말하지 못한다.

실로, 모든 있음[존재]은 입증하기 어렵고, 그것이 말하게 하기도 어렵다.** 말해보라, 형제들아, 만물 중에 가장 경이로운 것은 가장 잘 입증되어 있지 않으냐?

그렇다, 바로 '나(das Ich)[자아]', 나의 모순과 혼란은 가장 솔직하게 저의 있음을 보여준다. 창조하는, 의지(意志)하는, 평가하는 나, 만물의 척도이며 가치인 나.

가장 솔직한 있음인 '나'는—몸에 대해 말한다. '나'는 시를 짓고 몽상하고 부러진 날개를 퍼덕일 때도 몸을 원한다.***

---

- 서양 형이상학의 주요 개념의 하나인 '존재(das Sein)'. 쉬지 않고 변하는 생성과 변화에 비해 변치 않고 항상 있는 것, '있음'을 뜻하며, 따라서 신만이 진짜 있음이다. 여기서는 이런 있음이 복부를 갖고 있다는 말이니, 있음도 실은 몸이라는 말이다.
- 서양 형이상학의 핵심 개념인 '있음[존재]'은 스스로 드러내지 않으며, 입증할 수도 없다. 이것은 긴 전통을 가진 형이상학에서 가장 힘든 주제다. 이번 장은 기독교 세계관만이 아니라 서양 형이상학을 비판하며 비꼰다.

'나'는 점점 더 솔직하게 말하는 법을 익힌다. 그걸 더 많이 익힐수록 '나'는 몸과 땅을 위한 말들과 명예들을 더 많이 찾아낸다.

나의 '나'는 새로운 자부심을 내게 가르쳤으니, 이것을 나는 인간들에게 가르친다—'하늘의 일'이라는 모래에다 머리 처박지 말고, 자유롭게 머리를 들어라, 땅에 의미를 만드는 땅의 머리를!

나는 인간들에게 새로운 의지를 가르친다. 이 길을 원하고, 인간이 맹목으로 걸어온 이 길을 좋다고 말해라, 병자들과 죽어가는 자들처럼 그 길에서 벗어나 슬그머니 도망치지 마라!

병자들과 죽어가는 자들은 몸과 땅을 무시하고, 하늘의 일, 구원의 핏방울이라는 걸 발명했다. 하지만 그들은 이 달콤하고 어두운 독약[구원의 핏방울]마저도 몸과 땅에서 얻어냈다!

그들은 자신의 비참함에서 도망치려 했는데, 별들은 너무 멀었다. 그래서 그들은 한숨을 쉬었다. "오, 다른 있음[존재]과 다른 행복으로 살그머니 넘어갈 하늘길이 있다면 얼마나 좋으랴!"—그래서 그들은 술책과 피의 음료를 발명했던 거다.

은혜를 모르는 이자들은 이제 몸과 땅에서 벗어났다고 착

••• 몸이 없는 '나'는 있을 수 없다. 생각하거나 몸이 아닌 것에 대해 몽상할 때도 마찬가지다.

각했다. 하지만 누구 덕에 그들이 이런 벗어남의 경련과 환희를 얻었는가? 자신들의 몸과 이 땅의 덕이다.

차라투스트라는 병든 자들에겐 온화하다. 그들이 얻는 위안과 배은(背恩)에 화내지 않는다. 그들이 병을 낫고 극복해 더 높은 몸을 만들기를 바란다!

차라투스트라는 치유 중인 환자가 저의 망상을 다정하게 바라보고 한밤중에 저의 신의 무덤 주위를 배회한다 해도 화내지 않는다. 질병과 병든 몸이 아직도 그의 눈물이니 말이다.

시를 쓰며 신에 중독된 자들 사이엔 언제나 많은 병든 민중이 있었다. 그들은 인식하는 자를 격하게 미워하고, 솔직함이라 불리는 가장 최근의 미덕도 몹시 미워한다.

그들은 언제나 어두운 시대들을 되돌아본다. 물론 예전엔 망상과 신앙은 서로 다른 것이었다. 이성의 광증[망상]은 신과 비슷한 것이었지만, 의심[신앙 없음]은 죄였다.

나는 이들 신 비슷한 자들을 너무 잘 안다. 그들은 남들이 자기들을 믿기를, 그리고 의심은 죄로 여겨지기를 바란다. 그들 자신이 무엇을 가장 열심히 믿는지도 나는 너무 잘 안다.

진실로, 뒤편 세상과 구원의 핏방울을 믿는 게 아니다. 그게 아니라 그들도 몸을 가장 열심히 믿는다. 자기 몸이 그들에겐 사물 자체*다.

하지만 그들의 몸은 그들에겐 병든 사물이다. 그래서 그들은 피부에서 벗어나고[원래는 화가 치밀어 오른다는 뜻. 여기서는 문자 그대로의 뜻으로 쓰였다. 즉 죽고] 싶다. 그래서 그들은 죽음의 설교사의 말에 귀를 기울이고, 자신도 뒤편 세상을 설교한다.

차라리 건강한 몸의 목소리를 들어라, 내 형제들아. 이것이 더 솔직하고 더 순수한 소리다.

건강한 몸, 완전하고 반듯한 몸이 더 솔직하고도 더 순수하게 말한다. 몸은 땅의 의미에 대해 말한다.—

차라투스트라는 이렇게 말했다.

- 이마누엘 칸트(1724~1804)의 용어인 '사물 자체(Ding an sich)'. 칸트에 따르면 인간은 선천적으로 가지고 태어난 인식 방식에 따라서만 사물을 인식한다. 즉 시간과 공간과 인과율에 따라 인식한다. 사물 자체는 이런 인간의 인식 방식으로 파악할 수 없고, 그래서 우리는 사물 자체를 인식하지 못한다. 여기서는 형이상학을 주장하거나 신을 믿는다고 말하는 사람들이 진짜로 믿는 건 실은 자기 몸뿐이라는 것이다.

# 몸을 경멸하는 자들에 대해

 몸을 경멸하는 자들에게 내가 한마디 하겠다. 그들은 새로 배우거나 새로 가르치거나 하지 말고 그냥 자기 몸에 안녕이라고 말하기만 하면 된다—그렇게 조용해지는 거지.•

 "난 몸이고 영혼이야"—어린이는 이렇게 말한다. 어린이처럼 말하면 왜 안 되겠는가?

 하지만 깨어난 사람, 뭔가를 좀 아는 사람은 이렇게 말한다. 난 온전히 몸이고, 그 밖엔 아무것도 아니다. 영혼이란 몸에 있는 어떤 것을 가리키는 낱말일 뿐이니.

---

• 중세 이후로 서양 기독교의 오랜 전통에서, 중요한 것은 몸과 이승의 삶이 아니라 영혼의 구원이었다. 기독교의 이런 사유에 대한 날카로운 비판이 이 장에 나타난다. 동시에 현대 심리학의 기반이 되는 매우 중요한 성찰도 여기서 다루어진다.

몸은 큰 이성이요, 하나의 의미를 지닌 여럿, 하나의 전쟁이자 하나의 평화, 하나의 양 떼이며 하나의 목자다.

네가 '정신'이라 부르는 너의 작은 이성도 네 몸의 도구다, 내 형제여, 그것은 너의 큰 이성의 작은 도구이자 장난감.•

'나'라고 너는 말하고 이 낱말을 자랑스럽게 여기지. 하지만 너는 믿으려 하지 않을 테지만—너의 몸과 그 큰 이성이 더 큰 것이다. 큰 이성은 '나'라고 말하지 않고 그냥 '나'를 행한다.

감각이 느끼는 것, 정신이 인식하는 것은 자체 안에 끝[목적]이 없다. 하지만 감각과 정신은 자기들이 만물의 끝이라고 너를 설득하고 싶어 한다. 그것들은 그렇게 허황되다.

감각과 정신은 도구이자 장난감. 그들 뒤에 '자기(das Selbst)'가 있다. '자기'는 감각의 눈으로도 찾고, 정신의 귀로도 듣는다.

'자기'는 언제나 듣고 찾는다. 그것은 비교하고 제압하고 정복하고 파괴한다. '자기'가 지배자이니, 또한 '나'의 지배자이기도 하다.

나의 형제여, 너의 생각과 느낌들 뒤에는 이 강력한 명령

---

• 우리가 정신 또는 이성이라 부르는 것을 여기서는 '작은 이성'이라 부르고 몸을 '큰 이성'이라 부른다.

자, 알려지지 않은 현자가 있으니—바로 '자기'다. 그 현자는 너의 몸 안에 살며, 바로 너의 몸이다.•

너의 가장 뛰어난 지혜에 들어 있는 것보다 너의 몸 안에 더 많은 이성이 있다. 그러니 너의 몸이 뭐 하러 너의 가장 뛰어난 지혜를 필요로 하겠는가?

너의 '자기'는 너의 '나'와 '나'의 당당한 도약들을 비웃는다. "생각의 이런 도약과 날아오르기란 대체 뭐냐?"라고 '자기'가 저 자신에게 말한다. "내 목적으로 가는 우회로다. 내[자기]가 '나'의 걸음마 줄[걸음마 배우는 아기가 넘어지는 걸 막으려고 어른과 연결한 줄]이요, 개념들을 속삭여주는 존재이니."

'자기'가 '나'한테 말한다. "여기서 고통을 느껴라!" 그러면 '나'는 고통을 느끼고 어떻게 하면 더 이상 고통을 안 겪을까, 곰곰 생각한다—그러기 위해 '나'는 생각**해야 한다.**

---

• '나(das Ich)'와 '자기(das Selbst)'는 뒷날 C. G. 융(1875~1961)도 그대로 이용하는 용어다. 융의 심리학에서 '나'는 '에고(Ego)'로 불리고, '자기(眞我)'는 '참나(眞我)'라는 의미로 쓰인다. 자기는 무의식의 목소리까지 듣는 더 큰 '나'를 가리킨다. 우리 텍스트에서 자기는 몸의 소리를 듣는 몸 자체다.
니체는 여기서 서양의 오랜 정신 우위 사상에 맞서 몸이 훨씬 더 중요함을 강조한다. 이것은 기독교 사상의 지배에 대한 반기이기도 하다. 19세기에서 20세기로 넘어오는 세기말에 니체를 선두로 프로이트(1856~1939)와 융 등 심층심리학자들이 이성, 영혼, 정신 등의 일방적인 지배에 맞서 '몸'이 오히려 더욱 중요하다고 강조하는 '기존 가치 뒤집기'를 주도했고, 20세기 전반부에 서양의 모든 학문과 삶의 영역에서 이 과정이 진행되었다. 이 거대한 기존 가치 뒤집기 흐름에서 니체는 맨 앞에 서 있다.

'자기'가 '나'에게 말한다. "여기서 쾌감을 느껴라!" 그러면 '나'는 기뻐하고 어떻게 하면 자주 기뻐할까, 곰곰 생각한다―그러기 위해 '나'는 생각**해야 한다.**

몸을 경멸하는 자들에게 한마디 하겠다. 그들이 경멸한다는 것, 그것이 그들의 존중을 만든다. 무엇이 존중하기와 경멸하기, 가치와 의지를 만들었나?

창조하는 '자기'가 존중과 경멸을 만들었고, 저의 쾌락과 고통을 만들었다. 창조하는 몸이 제 의지의 손[도구]인 정신을 만들었다.

몸을 경멸하는 자들아, 너희의 어리석음과 경멸로도 너희는 '자기'에게 봉사한다.\* 내 너희에게 말하노니, 바로 너희의 '자기'가 죽기를 원하고, 삶에 등을 돌리는 것이다.

너희의 '자기'는 이제 더는 제가 가장 바라는 것―곧 저 자신을 넘어 창조할 수 없다. 그것이 '자기'가 가장 바라는 것, 모든 열망이건만.

하지만 이제 그러기엔 너무 늦었으니, 너희의 '자기'는 몰락하기를 바란다, 몸을 경멸하는 자들아.

너희의 '자기'는 몰락하기를 바란다. 그래서 너희가 몸을 경멸하는 자가 되었다! 너희는 너희 자신을 넘어 창조할 수

---

• '너희 몸에 봉사한다'는 뜻.

가 없으므로.

그래서 너희는 이제 삶과 땅을 향해 화내는 거지. 너희 경멸의 시기하는 눈길에는 그동안 몰랐던 시기심이 들어 있구나.

나는 너희의 길을 가지 않는다, 몸을 경멸하는 자들아! 너희는 인간너머로 향하는 다리가 아니다!—

차라투스트라는 이렇게 말했다.

## 기쁨과 정열에 대해

내 형제여, 네가 미덕을 가졌다면, 그리고 그게 너의 미덕이라면 다른 누구와도 공유하지 마라.

물론 넌 그 이름을 부르며 애무하고 싶겠지. 그 귀를 깨물며 장난치고 싶겠지.

하지만 보라! 그랬다간 넌 그 이름을 민중과 공유하게 되고, 너의 미덕과 더불어 너 자신도 민중이 되고 무리가 된다!

넌 이렇게 말하는 쪽이 나을 거다. "내 영혼에 고통과 달콤함을 만들고, 내 위장의 배고픔이기도 한 것은 말로 할 수 없고 이름도 없다."

이름이라는 친밀성을 갖기엔 너의 미덕이 너무 높은 것이 되게 하라. 그리고 네가 그에 대해 말해야 한다면 더듬더듬 말하는 걸 부끄러워하지 마라.

더듬더듬 말해라. "그것이 **나의** 선이다, 난 그걸 사랑해, 그게 정말 마음에 들어, 난 오로지 그런 선을 원해.

난 이게 신의 법칙처럼 되기를 바라지 않아, 인간의 법, 인간의 용변[피할 수 없는 일]처럼 되기를 바라지 않아. 또한 이것이 땅을 넘어 낙원을 위한 길 안내판도 되어선 안 되지.

내가 사랑하는 건 지상의 미덕인데, 거기에 영리함은 거의 없고, 만유 존재의 이성은 더욱 없지.

하지만 이 새[지상의 미덕]가 내게로 와서 둥지를 틀었네. 그래서 난 이 새를 사랑하고 품는 거야—지금 새는 내게서 저의 황금 알들을 품고 있는걸."

넌 이렇게 더듬거리며 너의 미덕을 찬양해야 한다.

과거 언젠가 넌 여러 정열을 지녔었고, 그것들을 악하다고 불렀지. 하지만 이제 넌 오로지 너의 미덕들만 지니고 있다. 그 미덕들은 너의 정열들에서 자라났다.

넌 이런 정열들 한복판에 너의 최고 목적을 두었다. 그러자 정열들이 너의 미덕이자 기쁨이 되었다.

네가 성마른 종족 출신이든, 아니면 호색한 종족 출신이든, 아니면 광신도 출신이든, 복수심에 불타는 종족 출신이든,

마지막에 너의 모든 정열은 미덕이 되었고, 너의 모든 악마는 천사가 되었다.

넌 옛날에 너의 지하실에 사나운 개들을 두었다. 하지만 그

개들은 결국 새가 되어 사랑스럽게 노래하게 되었지.

년 너의 독으로 너의 진정제를 빚었다. 우울증이라는 네 암소의 젖을 짰지―이제 너는 그 젖통의 달콤한 우유를 마신다.

앞으로는 너의 미덕들의 싸움에서 자라난 악이 아니고는 네게서 어떤 악도 자라지 않을 것이다.

내 형제여, 네게 행운이 있다면 넌 하나의 미덕만 지닐 것이다. 그래야 더 가볍게 다리를 건너가지.

미덕들을 많이 지니는 건 특별한 일이지만, 힘든 운명이다. 일부 사람들은 미덕들의 싸움과 그 싸움터가 되는 일에 지쳐 사막으로 가서 자살하고 만다.

내 형제여, 전쟁과 전투가 악한가? 하지만 이런 악은 꼭 필요하다. 너의 미덕들 사이에서 질투, 불신, 비방은 꼭 필요한 일이다.•

보라, 너의 미덕 하나하나가 모두 최고 자리를 탐한다. 미덕은 제각기 너의 정신 전체를 원하지, 너의 정신이 **저만을** 위한 심부름꾼이 되기를 원한다, 분노, 증오, 사랑 등에서 너의 힘 전체를 요구한다.

모든 미덕이 다른 미덕에게 질투하는데, 질투란 끔찍한 것

---

• 그래서 하나의 미덕만 지니는 것이 행운이다. 한결같은 걸음으로, 한 가지를 지향하며, 한길만 갈 수 있다면 하나의 미덕이라 할 수 있을까?

이다. 미덕들도 질투에 걸려 몰락할 수가 있다.

질투의 불꽃에 포위된 자는 마지막엔 전갈처럼 저의 독침을 저 자신에게로 향한다.

아, 내 형제여, 미덕이 저 자신을 비방하고 찔러 죽이는 걸 한 번도 못 보았느냐?

인간은 극복되어야 할 무엇이다. 그렇기에 넌 너의 미덕들을 사랑해야 한다―너는 그 미덕들에서 몰락할 것이므로.―

차라투스트라는 이렇게 말했다.

## 창백한 범죄자에 대해

　너희 판관들과 제관(祭官)들아, 너희는 희생 동물이 고개를 끄덕이기 전에는 [제물을] 죽이고 싶지 않단 말이지? 보라, 창백한 범죄자[제물]가 방금 고개를 끄떡였다. 그의 눈에서 위대한 경멸이 말하고 있다.

　"나의 '나'는 극복되어야 할 무엇이다. 나의 '나'는 인간의 크나큰 경멸이다." 그 눈길은 이렇게 말한다.

　저 자신을 심판한 것이 그가 맛본 최고의 순간이었다. [그렇게 눈길로 말함으로써] 고귀해진 이자가 저급한 제자리로 돌아가게 하지 마라!

　저 자신으로 인해 그토록 고통받는 자에게 빠른 죽음 말고 다른 구원˚은 없다.

　너희 판관들아, 너희의 죽이기[사형]는 복수 아닌 동정이어야 한다. 너희가 죽임으로써 너희 자신은 삶을 정당화하려고 애써라!

너희가 죽이는 자와 화해하는 것만으로는 충분치 않다. 너희의 슬픔이 인간너머를 향한 사랑이 되게 하라. 그렇게 너희는 자신이 '아직-살아 있음'을 정당한 것이 되게 하라!

너희는 '적'이라고 말해야지 '악당'이라고 말해선 안 된다. '병자'라고 말해야지 '악한'이라고 말하지 마라. '바보'라고 말해야지 '죄인'이라고 말하지 마라.**

너, 붉은 옷의 재판관아, 네가 생각 속에서 행한 모든 것을 큰 소리로 말하려 한다면, 누구나 이렇게 외칠 거다. "이 오물, 이 독벌레를 당장 없애라!"***

하지만 생각과 행위는 다른 것이고, 행위의 이미지는 다시 다른 것이다. 그들 사이에 원인이라는 바퀴는 구르지 않는다[인과관계가 성립하지 않는다].****

이미지 하나가 이 창백한 인간을 창백하게 만들었다. 그가

---

- 기독교에서 말하는 내세 또는 영혼의 구원 등은 없다.
- ** 요약하면 범죄자를 '적, 병자, 바보'라고 불러야지, 선악 또는 도덕의 판단을 넣어서 '악당, 악한, 죄인' 등으로 부르지 말라는 것이다.
- *** 마음속 생각을 털어놓으면 누구라도 욕먹을 내용이 나오지 않을 수 없다.
- **** 범죄의 생각, 그것의 실행, 그리고 범죄자라는 이미지는 각기 전혀 다른 것이다.

[먼저 범죄의 생각을 하고, 이어서 실제로 범죄의] 행위를 했을 때, 그는 자신의 행위에 맞는 사람[즉 범죄자가]이 되었다. 하지만 그 행위가 이루어졌을 때, 그는 그 이미지를 견디지 못했다.

그는 이제 언제나 자신을 한 가지 행위[범죄]의 행위자[범죄자]로만 여겼다. 나는 이것을 광기라 부른다. 예외가 본질로 바뀌었기 때문이다.•

줄을 그어놓으면 암탉은 거기 갇힌다. 그[범죄자]가 저지른 타격[범죄행위]이 그의 가련한 이성을 가두었다―나는 이것을 행위 **뒤의** 광기••라 부른다.

들어보라, 그대 판관들아! 또 다른 광기도 있다. 행위 **전**의 광기다. 아, 너희는 영혼이라는 것을 충분히 깊이 탐색하지 않았다!

그래서 붉은 옷의 판관은 말한다. "이 범죄자는 어째서 살인했는가? 그는 강도질할 생각이었다." 하지만 내 너희에게

---

• 어떤 범죄자라도 범죄행위를 저지르기 직전까지 그것은 어디까지나 생각에 지나지 않는다. 앞에서 이미 보았듯, 판관조차도 속으로 생각하는 것을 모조리 까놓는다면 모든 사람이 경악할 정도일 때가 있다. 범죄자는 범죄를 저지르는 순간 행위자, 곧 범죄자가 되었는데, (만일 그가 이런 행위를 되풀이하지 않는다면) 이런 행위의 순간은 삶에서 오히려 예외다.

•• 행위 뒤의 광기는 스스로가 범죄자라는 이미지를 갖게 되면, 범죄자의 이성은 그 이미지에 갇히게 된다는 뜻. 즉 행위가 일어난 다음에 생겨난 이미지, 곧 자신이 범죄자라는 이미지에 갇히는 것으로 범죄를 저지르기 이전의 자신에 대해서조차 이렇게 생각하게 된다.

말하노니, 그의 영혼은 강도질이 아니라 피를 원했다. 그는 칼의 행복을 갈망했었다!

하지만 그의 가련한 이성은 이런 [행위 전] 광기를 깨닫지 못하고 자기를 이런 식으로 설득했다. "피가 무슨 상관이냐!"라고 그의 이성이 말했다. "너는 적어도 동시에 강도질도 할 생각이 아니었느냐? 복수를 원하지 않았느냐?"

그는 제 가련한 이성의 말에 귀를 기울였다. 그 말이 납처럼 그를 눌렀고―그래서 그는 살인할 때 강도질도 했다. 그는 제 광기를 부끄러워하려 하지 않았다.•

이제 자신의 죄라는 납덩이가 다시 그를 짓누른다. 그의 가련한 이성은 다시 그렇듯 경직되고 마비되고 무겁다.

그가 머리를 흔들 수만 있다면 그 짐은 굴러떨어질 텐데. 하지만 누가 이 머리를 흔들어줄까?

---

• 행위 전의 광기는 매우 복잡한 심리 분석에 속한다. 이 글의 문맥에 따르면, 살인 강도를 저지른 범죄자는 실은 살인 욕구에 따라 사람을 죽였다. 하지만 범죄자 자신의 이성도 제 속에 있는 살인 욕구를 제대로 파악하지 못한 채 제가 강도질하려는 것이라고, 또는 복수하려는 것이라고 자신을 설득한다. 그래서 범죄자는 살인하면서 강도질 또는 복수를 한다. 이런 이성의 사유 과정은 범죄가 이루어지기 이전의 광기, 곧 행동 이전의 광기라는 것이다. 나중에 판관은 범죄자의 살인 충동을 이해하기 어렵기 때문에, 그가 강도질하려다가 (우발적으로) 살인까지 저질렀다, 또는 복수하려 했다는 식으로 해석하려 하지만 근본을 캐자면 이 범죄자의 영혼은 칼의 행복을 갈망한 것이다. 복수를 위해, 또는 강도질하며 살인하는 사람의 진짜 욕구가 살인 충동이라고 말하는 것이다.

이 인간[창백한 범죄자]은 대체 뭔가? 정신을 통해 세상으로 비어져 나온 한 더미 질병들. 그리고 [살인 욕구라는] 이 질병들은 세상에서 제 먹이를 약탈하려 한다.

이 인간은 대체 뭔가? 드물게만 서로 평화를 유지하는 사나운 뱀들이 뒤엉킨 뭉치―이 뱀들은 계속 앞으로 나아가며 세상에서 먹이를 구한다[살인한다].

이 가련한 몸을 보라! 그 몸이 고통받고 갈망하던 것, 이 가련한 영혼이 그것을 해석했다―가련한 영혼은 그것이 살인 쾌감이며 칼의 행복을 향한 갈망이라고 해석했다.•

현재 악하다고 규정된 악이 현재의 병든 자를 붙잡는다. 그는 제게 아픔을 주는 그것으로 [타인을] 아프게 한다. 하지만 다른 시대들이 있었고, [다른 시대에는] 다른 악과 선이 있었다.

그 옛날에는[예를 들어 기독교 신앙이 사회를 완전히 지배하던 중세의 유럽에서] 의심과, 저 자신이 되고자 하는 의지가 악이었다. 당시의 병자는 이단자와 마녀가 되었다. 그는 이단자며 마녀라는 이름으로 고통을 당하고, 또 남들도 그런 고통을 맛보게 했다.••

---

• 몸의 고통과 갈망을 영혼이 해석했고, 영혼은 그것을 (살인의) 쾌감과 행복을 향한 갈망이라고 해석했다. 그리고 이런 영혼의 해석에는 시대에 따라 달라지는 선과 악이 반영되지 않을 수 없다.

하지만 이런 말이 너희 귀로는 들어가지 않는다. 그런 게 너희 선한 자들을 해친다고 너희는 말하지. 하지만 너희 선한 자들이 내게 무슨 상관인가!

너희의 악이 아니라, 너희의 선한 자들에게 있는 많은 것이 내겐 구역질 난다. 그들이 이 창백한 범죄자처럼, 거기 부딪쳐 몰락할 광증을 갖는다면 좋으련만!

그들의 광증이 진리, 또는 충성, 또는 공정함이라 불렸기를 나는 바란다. 하지만 그들[너희의 선한 자들]은 가련한 쾌적함을 누리며 오래 살려고 저희의 미덕을 지닌다.

나는 강가의 난간이다. 잡을 수 있는 자는 나를 잡아라! 하지만 나는 너희의 목발은 아니다.―

차라투스트라는 이렇게 말했다.

•• 이단자와 마녀는 중세 유럽에서 가장 중대한 범죄자로 여겨져 끔찍한 화형을 당했다. "선하고 공정한 자들"이 그것을 결정했다. 하지만 오늘날이라면 사정이 전혀 다를 것이다. 이렇듯 시대의 가치관이 범죄자를 만들어내고, 심지어 범죄자 자신도 그것을 수긍한다. 그 심리적 과정을 행위 전의 광기와 행위 뒤의 광기로 설명했다.

## 읽기와 쓰기에 대해

 글로 쓰인 모든 것 중에서, 나는 오로지 누군가 저의 피로 쓴 것만을 사랑한다. 피로 글을 써라. 그러면 피가 정신임을 알게 될 것이다.

 타인의 피를 이해하기란 쉽지 않다. 나는 읽을 때 게으른 자들을 미워한다.

 독자를 아는 사람은 독자를 위해 아무 일도 하지 않는다. 게다가 100년의 독자라니—정신 자체가 악취를 풍길 참이네.

 누구나 읽기를 배워도 된다는 게 장기적으로는, 쓰기만이 아니라 생각하기까지 망친다.

 옛날에 정신은 신이더니, 인간이 되었다가, 이젠 그냥 천한 대중이 되었다.

 피와 격언으로 글을 쓰는 자는 누군가 제 글을 읽는 게 아니라 암기하기를 바란다.

산에서 가장 가까운 길은 봉우리에서 봉우리로 가는 길이다. 하지만 그러려면 다리가 길어야지. 격언은 봉우리여야 한다. 격언이 말 거는 사람은 크고, 높이 자란 자들이다.*

공기는 희박하고 순수하며, 위험은 가깝고 정신은 유쾌한 악의로 가득 차 있다. 그렇게 서로가 잘 어울린다.

나는 요괴들을 주변에 두고 싶구나, 나는 용감하니까. 유령을 쫓아내는 용기는 스스로 요괴들을 만들어낸다—용기는 웃기를 바라거든.

나는 이제 더는 너희와 함께 느끼지 않는다. 내 발아래로 보이는 이 구름, 이 검고 무거운 구름을 보고 나는 웃지만—너희한테는 뇌우지.

너희는 높아지기를 바라면 위를 바라보지. 나는 이미 높아져 있으므로 아래를 내려다본다.

너희 중에 누가 웃으면서 동시에 높은 곳에 있을 수 있나?**

---

- 《차라투스트라》처럼 경구로 이루어진 글은 산봉우리에서 산봉우리로 성큼성큼 걸을 만큼 긴 다리, 곧 크고 깊은 이해력과 사유 능력의 사람을 향한 것이다. 또는 격언 자체가 산봉우리다.
- 다음 장에 나오는 젊은이는 산 위로 오르느라 숨을 헐떡이는 자신을 비웃게 된다고 말한다. 긴 다리를 갖고 산봉우리에서 산봉우리로 성큼성큼 내딛는 자는 숨을 헐떡이지 않고 높은 곳에서도 여유롭게 웃을 수 있다. 하지만 힘들게 봉우리로 오르는 자는 그럴 수 없다.

가장 높은 산으로 오르는 자는 슬픈-연극[비극]과 슬픈-진지함을 모조리 비웃는다.

용감하고, 근심 모르고, 비웃으며, 폭력적이기를―지혜는 우리가 그러기를 바란다. 지혜는 여자라서 언제나 전사(戰士)만 사랑한다.

너희는 내게 말한다. "삶은 견디기 힘들다." 하지만 너희는 무엇 때문에 오전엔 자부심을 지니고, 저녁엔 순종을 한다고 말하느냐?•

삶은 견디기 힘들다. 하지만 그렇다고 그렇게 예민하게 굴진 마라! 우린 모두 멋지게 생긴, 짐을 잘 짊어지는 나귀들이다.

이슬방울 하나 몸에 떨어지면 파르르 떠는 장미 봉오리와 우리가 대체 무슨 공통점이 있단 말인가?

우리가 삶을 사랑하는 건 사실이다. 하지만 그건 우리가 삶에 익숙해서가 아니라 사랑하기에 익숙해서 그러는 거다.

사랑에는 언제나 뭔가 광증이 있다. 하지만 광증에는 언제나 뭔가 이성도 있다.

나는 삶에 친절한 사람이지만, 그런 내게도 나비와 비눗방울이, 그리고 인간 중에도 그와 같은 인간들이 행복에 대해

---

• 젊어서는 당당하고 늙어서는 순종한다고 말하지만, 실은 그러지 못한다. 이른바 학자들을 보면 대개 젊어서는 순종하고 늙어서는 권위를 내세운다.

가장 잘 아는 것처럼 생각된다.

가볍고 어리석고 귀엽고 잘 움직이는 이 작은 영혼들이 팔랑거리는 것을 바라보면—그게 차라투스트라를 울게 하고 노래하도록 유혹한다.

[신이] 춤출 줄 안다면 나는 오직 그런 신만 믿을 텐데.

나의 악마를 보았는데, 그 악마가 진지하고 철저하며 깊고 엄숙하다는 걸 알았다. 그것은 무거움[중력]의 정신이었으니—그것을 통해 모든 것이 추락한다.•

우리는 분노가 아니라 웃음을 통해 [적을] 죽인다. 일어나라, 무거움의 정신을 죽이자!••

나는 걷기를 배웠다. 그 이후로 나는 달린다. 나는 날기를 배웠다. 그 이후로는 밀쳐지고서야 비로소 어떤 자리를 떠나는 걸 피하려고 한다.•••

- 무거움의 정신은, 예컨대 학회에서 높은 자리를 차지하고 앉아 있는 저명한 학자들의 모습을 연상할 수 있다. 과거의 업적으로 현재의 명성을 누리는, 그래서 새로운 사유가 나오는 것을 가로막는 근엄한 학자, 또는 글을 너무 전문적으로 어렵게 써서 접근하기 힘들게 만드는 권위 있는 학술적 문장들. 그들은 새로운 가치가 출현하는 것을 가로막는 악마로 서술된다.
- 묵직하고 권위가 있는 학자와 학설을 가벼움과 웃음으로 깨뜨리고 나아가자. 또는 그런 식으로 무겁고 읽기 힘든 학술적 문제를 가벼움과 유머가 있는 문장으로 치고 나가자. 《차라투스트라》의 문장들은 춤추듯 가볍고 유쾌하게 비꼬는 경구들이다. 독일의 전통적인 학술적 문장들은 읽기가 너무 어려워 많은 이가 '학술 중국어'라고 불렀다.

지금 나는 가볍고, 날고 있으며, 내 아래로 자신을 내려다본다, 지금 신 하나가 나를 통해 춤춘다.••••

차라투스트라는 이렇게 말했다.

- ••• 이제는 스스로 날 수 있게 되었으므로, 무언가 대단하거나 하찮은 업적을 세우고 거기 머물며 새로운 이론이 나오는 것을 가로막는 자가 되지 않게 되었다. 노자의 《도덕경》에서 공을 세우고 거기 머물지 않는다—공성이불거(功成而弗居)와 통하는 말이다.
- •••• '읽고 쓰기'를 다루는 이 장에서 《차라투스트라》의 글쓰기 방식이 비유적으로 설명된다. '피로 글을 쓰기'란 이렇게 날아가면서 자신을 아래로 내려다보고, 자신을 통해 신 하나가 춤을 추도록 한다는 뜻이다. 이런 정신을 이해하기란 쉬운 일이 아니다. 이는 권위 있는 학자들의 글쓰기 방식이 아니라 완전히 새롭고 경쾌한 창작의 방식이다.

## 산의 나무에 대해

 차라투스트라의 눈은 한 젊은이가 자기를 피하는 것을 본 적이 있었다. 어느 날 저녁때 그가 혼자서 '얼룩소'라는 이름의 도시를 둘러싼 산들을 통과해 걸어가는데, 보라, 이 젊은이가 나무에 기대앉아 피곤한 눈길로 계곡을 내려다보는 게 보였다. 차라투스트라는 젊은이가 기대앉은 나무를 붙잡고 말했다.

 나는 이 나무를 내 두 손으로 흔들려 해도 흔들 수 없다.

 하지만 우리 눈에 안 보이는 바람은 나무에 고통을 주고 제 원하는 대로 휘게 할 수 있지. 우리는 안 보이는 손들에 의해 가장 고약하게 휘고 고통받는다.

 그러자 젊은이는 당황해 벌떡 일어서며 말했다. "지금 난 차라투스트라의 말을 듣고 있는데, 나는 마침 그를 생각하고 있었소." 차라투스트라가 대답했다.

"그렇다고 뭐가 그리 놀라운가?—하지만 인간이란 나무와 같다.

높고 밝은 곳으로 올라가려 할수록 뿌리는 땅으로, 아래로, 어둠으로, 깊은 곳으로—악 속으로 더욱 강력하게 내려가야지."

"그렇소, 악 속으로!" 젊은이가 외쳤다. "당신이 내 영혼을 찾아내다니 어찌 그게 가능하단 말인가?"

차라투스트라가 미소 짓고 말했다. "많은 영혼은 먼저 그걸 발명하지 않는다면, 절대 찾아낼 수 없다네."

"그래요, 악 속으로!" 젊은이가 다시 외쳤다.

"당신은 진실을 말했어요, 차라투스트라. 높은 곳으로 오르기를 바라게 된 뒤로 난 자신을 믿지 못해요. 다른 누구도 나를 믿지 않고. 어떻게 이런 일이 생기지요?

나는 너무 빨리 변해요. 나의 오늘은 나의 어제를 부정합니다. 위로 오르면서 자주 계단들을 뛰어넘죠—하지만 어떤 계단도 내게 그걸 용서하지 않아요.

위에 서면 항상 혼자란 걸 알게 되죠. 더불어 이야기할 사람이 아무도 없어요. 고독이라는 서리가 나를 떨게 합니다. 이 높은 곳에서 대체 나는 뭘 원하는 건가?

나의 경멸과 나의 동경이 나란히 함께 자랍니다. 내가 높이 올라갈수록, 나는 올라가는 자를 더욱 경멸하죠. 쟤는 저 위에서 대체 뭘 하려는 건가?

내가 올라가며 비틀대는 게 얼마나 부끄러운지! 내가 심하게 헐떡이는 걸 얼마나 비웃는지! 날아가는 자를 얼마나 미워하는지! 꼭대기에 서면 또 얼마나 피곤한지!"

젊은이는 여기서 침묵했다. 차라투스트라는 자기들 옆에 서 있는 나무를 바라보며 이렇게 말했다.

"이 나무는 이곳 산에 홀로 서 있다. 나무는 인간과 짐승을 넘어 훌쩍 높이 자랐다.

나무가 말하려 한다면, 그 말을 이해해줄 자가 아무도 없다. 그렇게 높이 자랐다.

이제 나무는 기다리고 또 기다린다—대체 무얼 기다릴까? 나무는 구름의 자리에 지나치게 가까이 살고 있으니, 최초의 번개를 기다리는 거겠지?"

차라투스트라가 이렇게 말하자 젊은이는 격한 몸짓으로 외쳤다. "그래요, 차라투스트라, 당신은 진실을 말하네요. 난 높은 곳으로 올라오면서 내려감을 갈망했어요. 그리고 당신이 바로 내가 기다린 번개입니다! 보십시오, 당신이 우리에게 나타난 뒤로 난 대체 뭐란 말인가? 당신을 향한 **질투심**이 나를 파괴했어요!"—젊은이는 이렇게 말하고 고통스럽게 울었다. 하지만 차라투스트라는 그의 어깨에 팔을 두르고 그를 이끌어 둘이 함께 걸었다.

한동안 나란히 걷고 나서 차라투스트라는 말을 시작했다.

"내 마음이 찢어진다. 자네 말보다도 자네의 눈이 내게 자네의 온갖 위험을 더 잘 말해준다.

자넨 아직 자유롭지 않아, 아직도 자유를 **찾고** 있다. 그런 탐색은 밤을 지새우며 과도하게 깨어 있게 만들지.

자넨 탁 트인 높은 곳을 향하고, 자네 영혼은 별들을 갈구한다. 하지만 자네의 나쁜 충동들도 자유를 갈구하지.

자네의 사나운 개들도 자유를 원한단 말이지. 자네의 정신이 감옥들을 모조리 부수려 하면, 그 개들은 갇힌 지하실에서 기뻐 짖어댄다.

자넨 아직도 갇힌 채 자유를 생각하는 사람이다. 아, 그렇게 갇힌 자들의 영혼은 영리해지지만, 또한 간교해지고 나빠지기도 한다.

정신이 해방된 자는 나아가 자신을 정화해야 한다. 그의 내면엔 아직 많은 감옥과 부패가 남아 있다. 그의 눈이 더욱 맑아져야 한다.

그렇다, 난 자네의 위험을 안다. 나의 사랑과 희망으로 바라노니, 자네의 사랑과 희망을 버리지 말게!

자넨 스스로 고귀하다고 느끼고 있으며, 자네에게 화를 내며 고약한 눈길을 보내는 다른 이들도 자네가 고귀하다는 걸

느낀다. 고귀한 자는 모든 사람에게 방해가 된다는 사실을 알아두어라.*

고귀한 자는 선한 자들에게도 방해가 된다. 그들[선한 자들]이 고귀한 자를 선한 자라고 부른다 해도, 그들은 그로써 그를 없애려고 한다.

고귀한 자는 새로운 것, 새로운 미덕을 만들려고 한다. 선한 자는 낡은 것을 원하고, 낡은 것이 유지되기를 바란다.**

하지만 고귀한 자가 선한 자가 되는 게 위험이 아니다. 그가 뻔뻔한 자, 비웃는 자, 파괴자가 되는 것이 위험이다.

아, 고귀한 자들이 자신의 최고 희망을 잃어버리는 걸 나는 이미 보았다. 그러면 그들은 모든 높은 희망들을 비방하고 다닌다.

그들은 뻔뻔하게 짧은 쾌락들을 누리며 살고, 하루를 넘는 목표를 두지 않더라.

'정신도 쾌락이다'—라고 그들은 말했다. 그러면서 그 정신의 날개가 부러졌다. 그런 자는 이리저리 기어다니며 갉아먹

---

* 고귀한 자는 주변의 많은 평범한 사람에게 방해가 된다. 그들의 평범한 일탈을 함께하지 않음으로써 많은 사람에게 불편한 마음을 만들어낸다.
** 고귀한 자는 저만의 미덕, 새로운 가치를 만들어야 한다. 그걸 못하면 기존의 미덕을 지키는, 이른바 선한 자들에 합류해 결국 기득권을 수호하는 자가 되고 만다.

어 오염시킨다.

　옛날 언젠가 그들은 영웅이 되려고 생각했었지. 지금은 호색한일 뿐이다. 영웅은 그들에겐 원망이자 두려움.

　하지만 나의 사랑과 희망에 걸고 네게 바라노니, 너의 영혼에 들어 있는 영웅을 내버리지 마라! 너의 최고 희망을 거룩하게 간직해라!"─

　차라투스트라는 이렇게 말했다.•

- 영혼에 들어 있는 영웅을 간직하고, 최고 희망을 거룩하게 간직하라는 차라투스트라의 말은 자유를 갈망하는 젊은이에게 던지는 충고다. 그는 황야의 사자처럼 참된 자유, 즉 창조자가 될 자유를 차지하기 위해 싸움을 계속해야 한다. 자칫 잘못하면 오히려 희망을 비방하는 자가 될 수도 있다.

## 죽음을 설교하는 자들에 대해

죽음을 설교하는 자들이 있다. 땅은 그런 자들로 가득 차 있으니, 그들에게 삶을 떠나라고 설교해야 할 판이다.

땅은 [불필요하게] 넘쳐나는 자들로 가득 차 있고, 이들 많아도-너무-많은 자들을 통해 삶이 망가졌다. 그들을 '영생'으로 꾀어내 이승의 삶에서 멀어지게 하면 좋을 텐데!

사람들은 죽음의 설교자들을 '누런 자들'[환자를 연상시킨다] 또는 '검은 자들'[죽음의 색]이라 부른다. 하지만 내가 그들을 또 다른 색으로도 보여주겠다.

제 속에 맹수를 품고 돌아다니며 쾌감 아니면 제 살 찢기[자기 학대] 말곤 다른 선택을 모르는 무시무시한 자들이 있다. 그들의 쾌감조차도 제 살 찢기다.

이런 끔찍한 자들은 인간이 되어본 적도 없다. 그런 자들은 삶을 떠나라는 설교를 하고는 자신들이 떠났으면 좋겠다!

영혼의 결핵 환자[소모성 질환자]들도 있다. 그들은 태어나자마자 벌써 죽기 시작하면서 피로와 체념의 가르침을 동경한다.

그들이 정말로 죽고 싶다고 하니, 우리는 그들의 의지를 선하다고 인정해주어야 할 것이다. 이들 죽은 자들을 깨우지 않도록, 살아 있는 관(棺)인 이들을 훼손하지 않도록 조심하자!

그들은 환자나 노인이나 시신을 만나면 곧바로 이렇게 말한다. "삶은 부정되었다!"

하지만 그들 자신이 부정되었고, 여기 있음[삶]에서 단 하나의 얼굴만 보는 그들의 눈이 부정되었다.

그들은 두툼한 우울증에 휩싸인 채 죽음을 가져다줄 작은 우연들만을 갈망하니, 그렇게 그들은 기다리며 서로 물어뜯는다.

또는 사탕 과자를 움켜쥐면서 자신의 유치함을 비웃는다. 지푸라기에 목숨을 매달아놓고는, 자기들이 아직도 지푸라기에 매달려 있다고 비웃는다.

그들의 지혜는 말한다. "살아 있는 바보, 하지만 우리는 그렇듯 심하게 바보다! 그리고 그거야말로 삶에서 가장 어리석은 일!"—

"삶이란 오로지 고통일 뿐이다"—또 다른 자들은 이렇게 말하는데, 이건 거짓말이 아니다. 그러므로 **너희들은** 그만두도록 애써라! 오직 고통일 뿐인 삶을 그만두도록 애쓰란 말이다!

너희 미덕의 가르침은 이렇게 말해야 한다. "너는 너 자신을 죽여야 한다! 너는 슬그머니 사라져라!"—

"쾌락은 죄다"—죽음을 설교하는 일부 사람들은 이렇게 말한다—"쾌락을 슬쩍 피하고 아이를 낳지 말자!"

"아이 낳기란 힘든 일이다"—또 다른 자들은 이렇게 말한다—"뭐 하러 낳는가? 오로지 불행한 자들만 낳을 뿐인데!" 이들도 죽음을 설교하는 자들이다.

"동정심이 필요해"—또 다른 자들은 이렇게 말한다. "나 가진 걸 받아라! 나 자신을 받아라! 그럴수록 삶이 나를 덜 속박할 테니!"

만일 그들이 근본부터 동정심 있는 자들이라면, 그들은 저희 이웃에게 삶이 넌더리 나게 할 거다. 악한 것—그거야말로 그들의 진짜 선행일 테니.

하지만 그들은 삶에서 벗어나기를 바란다. 그들이 자신의 사슬과 선물로 다른 사람을 더욱 단단히 묶어놓는다 한들, 그들에게 그게 무슨 상관이랴!—

삶을 거친 노동이며 불안이라 느끼는 너희들, 너희는 삶에 몹시 지치지 않았니? 너희는 죽음의 설교를 할 만큼 충분히 여물지 않았어?

거친 노동을 사랑하고, 빠른 것, 새것, 낯선 것을 사랑하는 너희들—너희는 너희 자신을 참기 힘들지. 너희 부지런함은 도주이고 자신을 잊으려는 의지다.

너희가 삶을 더 믿었다면, 순간을 향해 자신을 훨씬 덜 던졌을 거다. 하지만 너희는 내면에 참고 기다릴 내용을 충분히 지니지 못했고, 게을러질 내용조차 없었다!

사방 어디서나 죽음을 설교하는 자들의 목소리가 크게 울린다. 죽음의 설교를 들려주어야 할 자들로 땅이 가득 차 있구나.

또는 '영생'이란 말을 들려줄, 내겐 같은 말—그들이 얼른 떠나주기만 한다면야!

차라투스트라는 이렇게 말했다.

## 전쟁과 전쟁 종족에 대해

 우리는 최고의 적들에게서 보호받으려는 게 아니다. 또한 우리가 근본부터 사랑하는 사람들에게서 보호받으려는 것도 아니다. 그러니 내가 너희에게 진실을 말하게 해다오!

 전쟁 중인 내 형제들아! 나는 너희를 근본부터 사랑한다, 나 또한 예나 지금이나 너희와 같은 종류니까. 그리고 나는 너희에게 최고의 적이기도 하다. 그러니 내가 너희에게 진실을 말하게 해다오!

 나는 너희 마음의 증오와 질투를 안다. 너희는 증오와 질투를 모를 정도로 위대하지는 못하다. 그렇다면 그 사실을 부끄러워하지 않을 만큼은 위대해져라!\*

 너희가 인식의 성인이 될 수 없다면 적어도 인식의 전사라도 되어라. 전사들은 그런 성스러움의 동반자며 선구자니까.

나는 많은 군인을 본다. 하지만 많은 전사를 보고 싶구나! 사람들은 그들이 입은 옷을 "한-형태[유니폼]"라 부른다. 하지만 그들이 그 옷으로 감춘 것[몸과 사유]이 한-형태가 되지 않기를!

너희는 언제나 눈으로 하나의 적―곧 **너희** 적을 탐색하는 사람이 되어야 한다. 너희 중 일부는 첫 눈길에 대한 미움이 있지.

너희는 너희 적을 찾아내 너희 전쟁을 수행해야 한다, 너희의 사상을 위해 그렇게 하라! 너희 사상이 패배하거든, 그에 대한 너희 정직성만은 승리하게 하라!••

너희는 평화를 새로운 전투를 위한 수단으로서 사랑하라. 긴 평화보다는 짧은 평화를 더 사랑하라.•••

나는 너희에게 노동이 아니라 전쟁을 권한다. 평화가 아니

---

- • 진실로 위대한 사람이라면 남을 증오하거나 질투할 이유도 필요도 없다. 하지만 그렇게 위대하기란 어려운 일이다. 남이 훌륭한 것을 보고 증오나 질투를 할 수도 있겠으나, 적어도 그런 증오나 질투를 부끄럽게 여기고 감추려다가 불필요한 부작용을 일으킬 필요는 없다. 그냥 자신의 증오나 질투를 인정하라.
- •• 생각(사상)의 전쟁을 수행하는 중에 패배할 수도 있지만, 그 경우 적어도 패배를 인정하는 정직성만큼은 지녀라.
- ••• 하나의 전쟁이 끝나면, 그 평화에 안주하지 말고 곧바로 다음 전쟁을 시작하라. 우리의 노력은 어떤 것이든 모두 어찌 보면 하나의 전쟁이다.

라 승리를 권한다. 너희 노동이 전쟁이 되고, 너희 평화는 승리가 되게 하라!

인간은 활과 화살을 지녀야 비로소 침묵하고 조용히 앉아 있을 수 있다. 그렇지 않으면 떠들고 말다툼을 벌인다. 승리가 너희의 평화가 되게 하라!

선한 일이 전쟁마저 거룩하게 만든다고 너희는 말하는가? 좋은 전쟁은 모든 일을 거룩하게 만든다고 나는 말하겠다.

전쟁과 용기는 이웃 사랑보다 위대한 일을 더 많이 해냈다. 너희 동정심이 아니라 용감함이 지금까지 조난자들을 구원했다.

무엇이 선한가? 너희는 묻는다. 용감함이 선하다. 어린 소녀들이나 이렇게 말하라고 해라. "선하다는 건 예쁘면서도 감동을 주는 것이다"라고.•

사람들은 너희에게 심장이 없다고 말하지. 하지만 너희 심장은 진짜다, 나는 너희 심정의 부끄러움을 사랑한다. 너희는 자신의 흘러넘침[밀물]을 부끄럽게 여기고, 다른 이들은 자기들의 밀려 나감[썰물, 부족함]을 부끄럽게 여긴다.

너희는 추한가? 그렇다면 좋다, 내 형제들아! 추한 자의 외

---

• 예쁘고도 감동을 주는 선은 거의 없다. 그런 말은 감상적인 어린 소녀에게나 어울린다.

투인 고귀함으로 몸을 둘러라!

너희 영혼이 위대해지면 영혼은 불손해지고, 너희 고귀함엔 악의가 깃들지. 나는 너희를 안다.

악의에서는 불손한 자와 허약한 자가 서로 만난다.* 하지만 그들은 서로를 오해한다. 나는 너희를 안다.

너희는 경멸할 적이 아니라 미워할 수 있는 적을 가져야 한다. 너희는 너희 적에 대해 자부심을 지녀야 한다. 그러면 적의 성공이 너희의 성공도 된다.

거절은—노예에게나 숭고한 것. 너희의 숭고함은 복종이어야 한다! 너희의 명령 자체가 복종이 되게 하라!

좋은 전사에게 "너는 마땅히 그래야 한다"라는 말은 "난 이것을 원해"라는 말보다 더 편하게 들린다. 너희에게 사랑스러운 모든 것을 너희는 우선 명령받아야 한다.

삶을 향한 사랑은 최고 희망을 향한 사랑이어야 한다. 너희의 최고 희망은 삶의 최고 사상이어야 한다!

너희는 너희의 가장 높은 사상을 내게서 명령받아라—그 사상은 이렇다. 인간은 극복되어야 할 무엇이다.

그렇게 복종과 전쟁의 삶을 살아라! 오래 산다는 게 대체

---

* 불손한 자와 허약한 자는 악의라는 점에서는 서로 만날 수도 있다. 즉 비슷할 수 있다.

뭐냐! 어떤 전사가 보호받기를 원하느냐!

    나는 너희를 보호하지 않고, 너희를 근본부터 사랑하노라, 전쟁 중인 내 형제들아!—

    차라투스트라는 이렇게 말했다.

# 새로운 우상[국가]에 대해

 어딘가에 아직 민족들과 무리가 있지만, 우리에겐 아니다. 여기엔 국가들이 있다.

 국가라고? 그게 뭐지? 좋다! 그럼, 귀를 열어라, 이제 내가 민족들의 죽음에 대해 말할 거니까.

 모든 차가운 괴물 중에 가장 차가운 것이 바로 국가(Staat). 국가는 차갑게 거짓말을 한다. 그 입에서 나오는 거짓말, "나, 국가가 바로 민족이다".

 그건 거짓말! 창조자들이 민족들을 창조하고는, 그들 머리 위에 하나의 믿음과 하나의 사랑을 걸어놓았다. 그렇게 그들은 삶에 봉사했다.

 많은 이에게 덫을 놓은 파괴자들, 이들은 국가라 불린다. 파괴자들은 그들 머리 위에 칼 하나와 백 가지 욕망을 매달아놓았다.

　민족이 아직 있는 곳에서 민족은 국가를 이해하지 못하고, 국가를 관습과 권리에 대한 죄이며 사악한 눈길이라 여겨 미워한다.*

　내 너희에게 이 표지를 알려주겠다. 각 민족은 선과 악에 대한 자신만의 혀[언어]를 갖고 있다. 이웃은 그 언어를 이해하지 못한다. 민족은 관습과 권리 영역에서 저만의 언어를 발명했다.**

　하지만 국가는 선과 악의 모든 언어로 거짓말한다. 국가가 무슨 말을 하든 국가는 거짓말하는 것이다—국가가 무엇을 가졌든 그것은 국가가 훔쳐낸 것이다.

　국가의 모든 게 위조다. 물어뜯는 자인 국가는 훔친 이빨로 물어뜯는다. 국가의 내장조차 위조다.

　선과 악의 언어 혼란. 이게 바로 국가의 표지라고 너희에게 알리노라. 실로 이 표지는 죽음에의 의지를 뜻한다.*** 실로

---

- 야코프 부르크하르트(1818~1897)의 《세계 역사의 관찰》에 따르면 국가의 시작은 폭력이다. 민족이 아니라 국가 자체가 권력으로 등장한다. 예컨대 다민족국가의 경우, 민족은 아무것도 아니고 국가권력이 핵심이다.
- ** 각 언어에 따라, 그리고 그것을 쓰는 민족에 따라 관습과 권리가 달라진다. 따라서 선과 악을 분류하는 기준도 다르다.
- *** 각 민족은 선과 악에 대한 저만의 언어를 갖는다. 국가는 그 언어를 뒤섞어 혼란케 하고, 대신 법을 내세운다. 국가는 민족의 죽음을 뜻한다.

그것은 죽음의 설교자를 손짓해 부른다.

많아도 너무 많은 자들이 태어난다. 국가는 이렇게 남아도는 자들을 위해 발명되었다.

국가가 이렇듯 많아도-너무-많은 자들을 어떻게 꾀어내는지 보라! 국가가 그들을 집어삼켜서 씹고, 곱씹는 것을!

"지상에 나보다 더 위대한 것은 없다. 나는 질서를 잡는 신의 손가락이다"―이 괴물은 이렇게 으르렁댄다. 귀가 긴 자[바보]들과 근시안인 자들만 무릎 꿇는 게 아니다!

위대한 영혼들이여, 국가는 너희에게도 그 어두운 거짓말을 속삭인다. 국가는 기꺼이 자신을 내던지는 부유한 마음들을 잘 알아본다.

그렇다, 국가는 너희도 알아본다, 너희들, 옛 신을 정복한 자들아! 너희는 싸움에 지쳤고, 이제 너희의 피로감이 새로운 우상을 섬긴다!

새로운 우상인 국가는 영웅들과 명예로운 자들을 제 주위에 세우고 싶어 한다. 국가는 좋은 양심이라는 햇볕을 쬐기를 좋아한다―냉혈 괴물 국가는!

이 새로운 우상은 **너희가** 저를 숭배하면 **너희에게** 모든 걸 주겠다고 한다. 그렇게 국가는 너희 미덕의 광채와 너희 당당한 눈길을 사들인다.

국가는 너희를 이용해 많아도-너무-많은 자들을 꾀어내려고 한다! 그렇다. 지옥의 재주가 발명되었으니, 그것은 신의 명예들로 치장한 채 덜컹거리는 죽음의 말(馬)!

그렇다, 저 스스로를 삶이라 찬양하는 죽음이 많은 자를 위해 발명되었다. 실로 그건 모든 죽음의 설교사들에겐 충심의 서비스!

선한 자들과 악한 자들 모두가 독약을 마시는 곳을 나는 국가라고 부른다. 선한 자들과 악한 자들 모두가 자기 자신을 잃어버리는 곳 말이다. 모두의 느린 자살을—'삶'이라 부르는 곳이 국가다.

이들 남아도는[과잉] 존재들을 보라! 그들은 발명가의 작품과 현자의 보물을 훔친다. 그리고 자기들의 도둑질을 교양이라 부른다*—모든 것이 그들에게는 질병과 재난이 되고 만다!

이들 남아도는 자들을 보라! 그들은 늘 병들어 있고, 언제나 쓸개즙[분노]을 터뜨리면서 그걸 신문(新聞)이라 부른다. 그들은 서로를 집어삼키지만, 단 한 번도 서로를 소화하지 못한다.

이들 남아도는 자들을 보라! 그들은 부유함을 벌어들이지만 그로써 더욱 가난해진다. 그들은 권력을 원하며 무엇보다 권력의 지렛대인 많은 돈을 원한다—이 무능력자들은!

---

* 스스로 만들어내지 않고 남이 만든 것을 얻어다가 자기 것인 척한다.

이들 잽싼 원숭이들이 기어오르는 꼴을 보라! 그들은 서로를 타고 더 멀리 올라가지만 그렇게 해서 점점 더 서로를 진흙탕과 깊은 곳으로 잡아당긴다.

그들 모두 옥좌로 향하려 한다. 그것이 그들의 광기―마치 옥좌에 행복이 앉아 있기라도 하다는 양! 실은 옥좌엔 자주 진흙탕이 앉아 있는 것을―그리고 옥좌도 자주 진흙탕 위에 앉아 있지.

이런 자들은 모두 기어오르는 원숭이고 과열된 자들, 광인들이다. 그들의 우상인 저 냉혈 괴물[국가]이 악취를 풍긴다. 이 우상의 하인들은 모두 냄새가 너무 고약하다.

내 형제들아, 너희는 그들의 입 냄새와 욕망의 증기에 질식하려느냐? 차라리 창문을 부수고 공중으로 뛰어내려라!

나쁜 냄새를 피해라. 남아도는 자들의 우상숭배에서 멀리 비켜서라!

나쁜 냄새를 피해라! 이 인신 제물의 증기에서 멀리 떨어져라!

위대한 영혼들에겐 아직도 땅이 남아 있다. 혼자인 자, 둘인 자들에게 고요한 바다의 냄새가 불어올 만큼 아직 많은 자리가 비어 있다.

위대한 영혼들에겐 아직도 자유로운 삶이 열려 있다. 실로, 적게 가진 자는 뭔가에 홀릴 일이 그만큼 적다. 작은 가난함이여, 찬양받으라!

 국가가 멈추는 곳에서 비로소 남아도는 게 아닌 인간이 시작된다. 거기서 꼭 필요한 사람들의 노래가, 단 한 번뿐인 대체할 수 없는 가락이 시작된다.

 국가가 **멈춘** 곳 저기서—내 형제들아, 바라보아라! 무지개와 인간너머의 다리[교량]들이 보이지 않느냐?—

 차라투스트라는 이렇게 말했다.

## 시장의 파리들에 대해

 내 친구야, 너의 고독으로 도망쳐라! 네가 위대한 사내들의 소음에 귀가 먹먹해지고, 작은 사내들의 가시에 콕콕 찔리는 게 보이는구나.

 숲과 암벽은 너와 더불어 기품 있게 침묵할 줄을 안다. 네가 사랑하는 저 나무, 가지를 넓게 펼친 나무와 같아져라. 나무는 고요히 귀를 기울이며 가지를 바다 위로 뻗친다.

 고독이 끝난 곳에서 시장이 시작된다. 시장이 시작되면 곧바로 대단한 배우들의 소음과 독파리들이 웅웅거리는 소리도 시작되지.

 가장 좋은 것이라도 이 세상에선 그걸 처음으로 소개하는 한 사람이 없다면 전혀 쓸모가 없다. 민중은 이들 공연하는 자들을 위대한 사람이라 부른다.

민중은 본래의 위대함, 즉 창조[창작 또는 새로 만들어냄]를 이해하지 못한다. 하지만 민중은 위대한 일들을 무대에서 펼쳐 보이는 공연자와 배우들에 대해선 감각이 있다.

세상은 [실제로는] 새로운 가치의 발명자들을 중심으로 돌아간다―세상은 보이지 않게 돌아간다. 하지만 민중과 명성은 배우들을 중심으로 돌아간다. 이것이 바로 '세상의 흐름'이라는 거지.•

배우는 정신이란 걸 갖고 있지만, 정신의 양심을 거의 갖지 않는다. 배우는 자기가 가장 힘차게 [남들을] 믿게 만들 수 있는 것을 자신도 믿는다―곧 **자기를** 믿게 만든다!

내일이면 그[배우]는 새로운 믿음을 가질 것이요, 모레는 더 새로운 믿음을 가질 것이다. 민중이 그렇듯 그는 빠른 감각을 지녔고, 잘 변하는 후각을 지녔다.

뒤집기―이게 그에겐 입증한다는 뜻이다. 미치게 만들기―이게 그에겐 설득한다는 뜻이다. 그리고 그는 피를 모든 근거 중의 최고 근거라고 여긴다.

섬세한 귀에만 들리는 진실을 그는 거짓말이며 아무것도

---

• 세상의 변화는 가치의 창조가 핵심이지만, 일반 민중은 그런 창조를 이해하지 못하므로, 누군가가 만든 새로운 가치를 널리 퍼뜨리는 사람, 곧 배우가 명성을 얻는다.

아닌 것이라고 부른다. 실로 그는 세상에서 큰 소음을 내는 신들만 믿는다.

시장은 당당한 어릿광대들로 넘쳐난다—민중은 자기들의 위대한 사내[배우]들을 찬양하나니! 민중에게는 그런 자들이 이 시간의 주인이다.

하지만 시간이 위대한 자들을 몰아세운다. 그러면 그들은 너를 몰아세운다. 그들은 네게서도 '그렇다' 또는 '아니다'를 받아내려 한다. 딱하구나, 너는 찬성과 반대의 중간에 너의 의자를 놓으려고?•

그대 진실을 사랑하는 사람아, 이렇게 무조건 몰아붙이는 자들•• 때문에 질투하지 마라! 진실은 무조건적인 자의 품에 매달린 적이 한 번도 없다.•••

이런 갑작스러운 자들 때문에 네게 안전한 곳으로 되돌아가라. 오직 시장에서만 그들은 '그렇다' 또는 '아니다'로 기습한다.

- • '그렇다' 또는 '아니다' 중 하나가 아닌, 그 둘 사이 중간이 너의 생각이라면 네 처지가 딱하구나.
- •• '그렇다' 또는 '아니다'를 스스로 서슴없이 선택하고 남에게도 강요하는 자들, 곧 극단주의자들.
- ••• 진실은 단 한 번도 그렇게 단순하게 정리된 적이 없다. 양극단의 하나로 간단히 정리될 수 없다. 그러므로 누군가가 그런 답을 강요한다면, 그것은 이미 진실과는 거리가 멀다.

모든 깊은 샘은 체험의 속도가 느리다. 깊은 샘은 제 안으로 **무엇이** 떨어졌는지를 알기까지 오래 기다려야 한다.

모든 [진짜] 위대함은 시장과 명성을 멀리 피해 간다. 예로부터 새로운 가치의 발명자들은 시장과 명성을 피해 멀리 떨어져 살았다.

내 친구야, 너의 고독으로 도망쳐라. 네가 독파리들에게 콕콕 쏘이는 게 보인다. 거칠고 강한 바람이 부는 곳으로 도망쳐라!

너의 고독으로 도망쳐라! 너는 소인배들과 불쌍한 자들 곁에 너무 가까이 살았다. 그들의 보이지 않는 복수를 피해 도망쳐라! 그들은 너를 향한 복수 말고는 아무것도 아니다.

그들에 맞서 팔을 들어 올리지 마라! 그런 자들은 헤아릴 수 없이 많은데, 파리채가 되는 게 너의 몫은 아니다.

이런 소인배들, 불쌍한 자들은 헤아릴 수 없이 많다. 빗방울과 잡초는 당당한 건물마저도 무너뜨린다.

너는 돌이 아니건만, 벌써 많은 빗방울에 움푹 패었다. 앞으로도 너는 많은 빗방울에 부서지고 깨질 것이다.

독파리들 때문에 지친 네가 보인다. 벌써 백 군데나 쏘여 피를 흘리는구나. 너는 자부심 때문에 화조차 내려 하지 않는다.

그들은 극히 천진스럽게 너의 피를 원하고, 핏기 없는 그들의 영혼은 피를 갈망한다―그래서 그들은 그렇게 천진스럽게 쏘아댄다.

하지만 그대 깊은 자여, 너는 작은 상처들에도 너무 깊이 고통받는다. 미처 낫기도 전에 같은 독벌레가 네 손 위로 기어올랐구나.

너는 자부심이 강해서 이렇게 쏘아대는 자들을 죽이지 않는다. 하지만 그들의 온갖 독기 어린 부당함을 감당하는 게 네 몫이 되지 않도록 조심해라!

그들은 네 주변에서 찬사를 웅얼거린다. 그들의 찬사는 집요하다. 그들은 너의 피부와 피 가까이에 있기를 원한다.

그들은 신이나 악마에게 하듯이 네게 아첨한다. 신이나 악마에게 하듯이 네게 애걸한다. 그게 무슨 소용이랴! 그냥 아첨꾼, 애걸하는 자들일 뿐 그 이상은 아니다.

그들은 또한 자주 사랑할 가치가 있는 자의 모습으로 네 앞에 나타난다. 하지만 그것은 항상 비겁한 자들의 영리함이다. 그렇다, 비겁한 자들은 영리하거든!

그들은 자기들의 좁아터진 영혼으로 너에 대해 많은 생각을 한다―그들에겐 네가 언제나 의심스럽다! 많은 생각을 하게 만드는 건 결국 의심스러우니까.

그들은 너의 모든 미덕에 대해 너를 벌준다. 근본으로 보아 그들은―너의 실수만을 용서해준다.

너는 온화하고 공정한 감각을 지녔으니 이렇게 말하지. "그들은 자기들의 작은 여기 있음[삶]에서 무죄다"라고. 하지만 그들의 좁아터진 영혼은 이렇게 생각한다. '모든 위대한 여기 있음은 죄다.'

네가 그들에게 온화하다 해도 그들은 네게서 멸시당했다고 느낀다. 그래서 네 선의의 행동에 대해 감추어진 고통의 행동으로 갚아준다.

너의 말 없는 자부심은 언제나 그들의 취향에 어긋난다. 네가 한 번이라도 허영심을 드러낼 만큼 충분히 형편없어지면, 그들은 기뻐 날뛴다.

우리가 어떤 인간에게서 인식한 것을 우리는 그 사람에게 점화하기도 한다. 그러니 소인배를 조심하라!

네 앞에서 그들은 스스로 작다 느끼고, 그들의 하찮음은 너를 향한 보이지 않는 복수심으로 타오른다.

네가 그들에게 다가가면 얼마나 자주 그들은 말이 없어졌던가, 마치 꺼져가는 불길에서 연기가 빠져나가는 것처럼, 그들에게서 얼마나 힘이 빠져나갔던가를 알아채지 못했느냐?

그렇다, 내 친구야, 너는 네 이웃에겐 양심의 가책이다. 그들이 너만큼의 가치가 없기 때문이다. 그래서 그들은 너를 미워하고, 기꺼이 너의 피를 빨아먹으려 한다.

네 이웃들은 언제나 독파리가 될 것이다. 네게 있는 위대함—그것이 그들을 더욱 독 오르게 만들고, 점점 더 파리처럼 만들 수밖에 없다.

　내 친구야, 너의 고독으로 도망쳐라, 거칠고 강한 바람이 부는 그곳으로. 파리채가 되는 게 네 몫은 아니므로.—

　차라투스트라는 이렇게 말했다.

## 순결함에 대해

나는 숲을 사랑한다. 도시에선 살기가 힘들다. 발정 난 자들이 너무 많아서.

발정 난 여자의 꿈속보다는 차라리 살인자의 손에 떨어지는 쪽이 낫지 않겠는가?

하지만 이 사내들을 보라. 그들의 눈은 말한다—여자와 동침하는 것보다 지상에 더 나은 것을 알지 못한다고.

그들의 영혼 밑바닥엔 진창이 있다. 그런데 이 진창이 정신까지 갖고 있다면 참으로 유감이구나!

하지만 너희가 적어도 동물로서 완전하기만 하다면! 하지만 무죄함은 동물의 것이다.*

내가 너희더러 감각들을 죽이라고 권하느냐? 나는 감각들의 무죄함을 권한다.

내가 순결함을 권하느냐? 순결함이란 몇몇 사람에겐 미덕이지만, 많은 사람에겐 거의 악덕이다.••

이들은 물론 자신을 절제한다. 하지만 그들이 행하는 모든 일에서 감각성[관능]이라는 암캐가 선망[시기심]을 품고 내다본다.

이 짐승[암캐, 감각성]과 짐승의 불만이, 그들의 미덕의 높이까지, 그리고 차가운 정신 속까지 그들을 따라온다.

고기 한 조각이 거부되면, 감각성이라는 이 암캐는 얼마나 점잖게 정신 한 조각을 구걸하는가!•••

너희는 비극과, 마음 아프게 하는 모든 것을 사랑하느냐? 하지만 나는 너희 암캐가 미덥지 않다.

너희는 너무 잔인한 눈을 가지고, 고통받는 자를 너무 탐욕스럽게 바라본다. 이건 그냥 너희의 관능이 위장하고서 동정

- 동물의 발정은 자연에 속한다. 그들의 짝짓기가 아무리 격하거나 이상해도 자연법칙에 따르는 것이고, 동물은 대개 짝짓기 기간에만 발정 난다.
- •• 인간이 본성에 따라 순결을 지향하는 경우는 드물다. 자신의 본성에 반해 순결을 맹세하거나, 또는 질병이나 체면 등 때문에 억지로 순결을 지켜야 할 상황에서 나타나는 온갖 부작용을 생각한다면 이해할 수 있는 말이다.
- ••• 순결한 척하면서 속에 감각성이라는 암캐를 지닌 자들은 한 조각 고기, 즉 육체적 욕망이 거부되면 점잖은 모습으로 한 조각 정신을 추구한다. 다만 원래 정신을 향한 열망이 아니므로, 언제나 한 조각이고, 그나마 진짜가 아닌 경우도 많다.

심이라고 자처하는 것 아니냐?\*

나는 너희에게 이런 비유도 준다. 자기의 악마를 쫓아내려고 했던 많은 자가 스스로 돼지들 속으로 들어갔다는 것.\*\*

순결함을 힘들게 여기는 자에게는 그걸 하지 말라고 충고해야 한다.\*\*\* 순결함은 지옥으로 가는 길이 안 되려고―진창과 영혼의 욕정이 된다.\*\*\*\*

내가 더러운 것들에 대해 말하는가? 내게는 그게 가장 나쁜 게 아니다.

진실이 더러울 때가 아니라 진실이 얕을 때, 인식하는 자는 그 물에 들어가고 싶지 않다.

진실로, 근본적으로 순결한 자들이 있다. 그들의 마음은 더

---

- 억지로 관능을 자제하는 자들은 스스로 계속 고통 속에 있으므로, 다른 고통받는 자를 탐욕스럽게 바라보면서 그것을 동정심이라고 부른다. 그들에게 있는 이상행동의 심리적 동기를 알 수 있을 듯하다.
- \*\* 〈마가복음〉 5장 13절의 "악한 귀신들이 나와서, 돼지들 속으로 들어갔다"를 인용. 예수에게 몰린 악한 귀신들이 돼지들 속으로 들어갔다는 의미로, 여기서는 귀신 말고 귀신 들린 자들이 제 속의 악마를 쫓아내려다가, 그들 자신이 돼지 속으로 들어갔다는 뜻이다.
- \*\*\* 순결함이 힘들게 여겨지는 자들에게 순결함을 요구하면 벌어지는 수많은 부작용을 오늘날 비교적 분명히 볼 수 있다. 성직자들의 성적 일탈이나 일부 성범죄자의 이상행동 등.
- \*\*\*\* 억지로 지옥을 피하려고 애쓰다보면, 순결은 오히려 영혼이나 정신의 욕정으로 바뀌고야 만다. 명성욕 등.

욱 온화하고, 그들은 너희보다 더욱 사랑스럽고 풍부하게 웃는다.

그들은 순결함에 대해서도 웃으며 이렇게 묻는다. "순결함이란 게 뭐냐!

순결함이란 멍청함 아니냐? 하지만 이 멍청함이 우리한테로 왔고, 우리가 그걸 찾아간 게 아니다.

우리는 우리를 찾아온 이 손님에게 숙소와 마음을 제공했다. 이제 그 손님이 우리 곁에 머물고 있다—저 머물고 싶은 만큼 오래 머물라고 해라!"•

차라투스트라는 이렇게 말했다.

---

• 역사상 종교적인 이유에서 순결을 맹세하고 지킨 사람이 아주 많았다. 하지만 금욕을 실천하는 것이 너무 힘든 자들에게는 그런 금욕을 그만두라고 권하는 것이 낫다. 진짜 순결한 자들은 원래 성향이 그러므로 금욕을 특별하게 여기지 않는다. 종교의 측면에서 이 문제를 다시 생각해본다면 이 부분의 뜻이 분명해질 것 같다.

## 친구에 대해

'내 주위에 한 명은 언제나 이미 너무 많아'—혼자 사는 사람[은둔자]은 이렇게 생각한다. '언제나 한 번에 하나—그것이 오래 가면 둘이 된다!'

나와 나(Ich und Mich)는 언제나 대화에 너무 열성이다.• 친구 하나 없다면 어떻게 그걸 견디나?

혼자인 사람에게 친구란 언제나 세 번째 사람이다. 세 번째 사람은 둘만의 대화가 깊이 빠져드는 것을 막는 코르크[물에 둥둥 뜨는]다.

아, 모든 은둔자에겐 깊은 곳들이 너무 많아. 그래서 그들은 친구를 갈망하고 또 저 높은 곳을 갈망한다.

• 오랫동안 혼자인 사람은 자신도 모르게 자기 자신과 대화를 한다.

다른 사람에 대한 우리의 믿음은, 우리가 자신의 어떤 부분을 믿고 싶어 하는지 보여준다. 친구를 향한 우리 갈망이 우리를 폭로한다.

　　인간은 자주 사랑으로 겨우 시샘이나 뛰어넘으려고 한다. 자주 [남을] 공격하며 스스로 적을 만든다. 자신이 공격에 취약하다는 점을 감추기 위해서.

　　"적어도 나의 적이 되어라!"―감히 우정을 청하지 못하는 진짜 경외심은 이렇게 말한다.

　　인간이 친구를 가지려면 그를 위해 전쟁에도 나서려는 마음을 가져야 한다. 전쟁을 수행하기 위해서는 적도 될 **수 있어야** 한다.

　　친구의 내면에서도 적을 존중해야 한다. 너는 친구에게로 넘어가지 않고 그에게 가까이 다가설 수 있느냐?

　　자신의 친구를 최고의 적으로 삼아야 한다. 그에게 반대할 때는 그의 마음 가장 가까이에 있어야 한다.

　　너는 친구 앞에서 옷을 안 입으려고 하느냐? 있는 그대로의 너 자신을 내준다는 게 네 친구에게 명예가 될 거라고? 하지만 친구는 너한테 악마에게나 가라고 할걸!

　　자신을 전혀 숨기지 않는 자는 [남을] 격분시킨다. 그러니 너희는 벌거벗음을 두려워할 이유가 충분하다! 그렇다, 너희가 신이라면 너희는 옷을 부끄러워해도 되겠지!•

너는 친구를 위해 아무리 꾸며도 충분치 못하다. 친구를 위해 너는 인간너머를 향하는 하나의 화살, 하나의 동경이 되어야 하니까.**

네 친구가 어떤 모습인지 알기 위해—그가 잠든 모습을 본 적이 있는가? 하지만 보통 때 네 친구의 얼굴은 대체 무엇이냐? 그건 거칠고 불완전한 거울에 비친 너 자신의 얼굴.

친구가 잠든 모습을 이미 보았느냐? 네 친구가 그런 모습인 걸 보고 놀라지 않았느냐? 오, 나의 친구여, 인간은 극복되어야 할 무엇이다.

추측과 침묵이라는 면에서 친구는 대가(大家)가 되어야 한다. 너는 모든 걸 보려고 해서는 안 된다. 친구가 깨어서 무엇을 하는지 네 꿈이 네게 알려주어야지.

너의 동정심은 추측이 되게 하라. 우선 네 친구가 동정심을 바라는지를 알아내기 위해서다. 어쩌면 그는 네게서 부서지지 않는 눈과 영원성의 눈길을 사랑할지도 모른다.

친구에 대한 동정심은 단단한 껍질 아래 감추어라. 그에 대한 동정심에서 너는 이를 [부러질 정도로] 꽉 악물어야 한다.

---

- 너희가 신이라면 있는 그대로의 자신을 보여도 되겠지.
- ** 어차피 인간으로서는 어떻게 꾸며도 충분히 아름다울 수 없다. 그러므로 친구에게 인간너머로 가는 화살이며 동경이라는 너의 모습을 보여주어라.

그래야 동정심은 섬세함과 달콤함을 지닌다.

너는 너의 친구에게 순수한 공기, 고독, 빵이고 약품이냐? 많은 이가 저 자신의 사슬도 풀지 못하면서 친구에겐 구원자다.

너는 노예냐? 그렇다면 넌 친구가 될 수 없다. 너는 폭군이냐? 그렇다면 너는 친구를 가질 수 없다.

여자의 내면엔 노예와 폭군이 너무 오래 감추어져 있었다. 그래서 여자는 우정의 능력이 없다. 여자는 오로지 사랑을 알 뿐이다.

여자의 사랑에는, 자기가 사랑하지 않는 모든 것에 대한 불공평함과 눈멂이 있다. 여자의 지적인 사랑에도 언제나 빛과 나란히 기습, 번개, 밤이 있다.•

여자는 아직 우정의 능력이 없다. 여자들은 여전히 고양이이며 새들이다. 또는 가장 좋은 경우 암소다.

여자는 아직 우정의 능력이 없다. 하지만 너희 사내들이여 말해보라, 너희 중 대체 누가 우정의 능력이 있는가?

너희 사내들이여, 너희의 빈곤과 너희 영혼의 인색함을 넘어서라! 너희가 친구에게 아무리 많은 것을 준다 해도, 나는 적에게도 그만큼은 줄 거고 그로써 더 가난해지지도 않는다.

---

• 루 살로메(1861~1937)를 되돌아보게 하는 구절.

동지애라는 게 있다. 우정도 있었으면!

차라투스트라는 이렇게 말했다.

## 천 개의 목표와 한 개의 목표에 대해

　차라투스트라는 많은 나라와 많은 민족을 보았다. 그래서 많은 민족의 선과 악을 찾아냈다. 차라투스트라는 지상에서 선과 악보다 더 큰 권력[힘]은 보지 못했다.

　스스로 [선과 악을] 가늠[평가]하지 않는 민족은 살 수가 없는 것 같다. 하지만 민족이 자신을 보존하려면 이웃과 똑같은 방식으로 평가해서는 안 된다.

　이 민족에게서 선으로 여겨지는 많은 것이 저 민족에게선 비웃음이자 수치로 여겨지는 것을 보았다. 여기선 악하다고 칭해지는 많은 것이 저기선 자줏빛 명예로 치장되더라.

　이웃이 서로를 이해한 경우는 한 번도 없었다. 한 민족의 영혼은 언제나 이웃의 망상과 악의를 의아하게 여겼다.

　여러 선의 목록이 각 민족 위에 걸려 있다. 보라, 그것은 그 민족의 극복 목록이다. 보라, 그것은 그 민족이 가진 권력[힘]에의 의지가 내는 목소리다.*

민족에게 힘들게 여겨지는 것이 찬양받는다. 없어서는 안 되는 것, 어려운 것이 선이라고 여겨진다. 최고의 곤경에서 간신히 벗어난 것, 드물고도 힘든 것을 민족은 거룩하다고 찬양한다.

민족이 지배하고 승리하고 빛나도록 해주고, 그 이웃에게는 두려움이며 시샘이 되는 것, 그것이 민족에게 높고, 제일이고, 측량의 기준이고, 만물의 의미가 된다.

진실로, 나의 형제여, 무엇보다 한 민족의 곤궁, 땅, 하늘, 이웃을 알아내라. 그러면 금방 그 민족이 극복한 것들의 법칙을 짐작할 수 있고, 어째서 그 민족이 이 사다리를 딛고 자신의 희망으로 올라가는지를 알게 될 것이다.**

"너는 항상 일등이 되어야 하고, 남들을 능가해야 한다. 질투 심한 너의 영혼은 친구가 아니고는 그 누구도 사랑하면 안 된다"―이것이 [고대] 그리스 사람의 영혼을 전율하게 했

---

* 흔히 선악이 도덕의 범주라고 생각하지만, 여기서는 이를 권력의지라고 부른다. 곰곰이 생각하기를 자극하는 중요한 관찰로 무엇보다도 먼저 한 사회가 다른 사회와의 경쟁에서 우위를 차지하는 데 필요한 권력의지다.
** 예를 들어 우리는 해방과 6·25전쟁 이후에 가난과 기근과 부정부패를 극복해야 했고, 지금도 노력 중이다.

었다. 그렇게 그리스인은 위대함에 이르는 자신만의 오솔길을 걸었다.

"진실을 말하고 활과 화살을 잘 다루어라"—내 이름이 유래한 민족[고대 페르시아]에게는 이것이 사랑스럽고도 힘든 일이었다. 내게 사랑스럽고 힘든 내 이름[차라투스트라] 말이다.

"부모를 존중하고, 네 영혼의 뿌리에 이르기까지 그분들 의지를 따르라." 또 다른 민족은 이런 극복의 목록을 제 머리 위에 걸어놓고, 그로써 강하고 영원하게 되었다.

"신의를 지키고, 악하고 위험한 일에도 신의를 위해 명예와 피를 걸어라." 또 다른 민족은 이렇게 가르치며 자신을 강요했다. 그렇게 이 민족은 자신을 통제하며 위대한 희망들을 임신하고 또한 묵직한 결실을 얻었다.

실로, 사람들은 자신에게 모든 것을, 자신의 선과 악을 주었다. 실로 그들은 그것을 [다른 누구에게서] 받은 것이 아니고, 찾아낸 것도 아니며, 그것이 하늘의 목소리로 그들에게 뚝 떨어진 것도 아니었다.

인간이 처음으로 자신을 유지하는 이런 일들에 가치를 부여했다—인간이 처음으로 이런 일들에 의미를 만들어주었다. 인간의 의미를! 그래서 그는 자신을 '인간'이라 부르는데, 곧 '평가하는 자'라는 뜻이다.*

평가한다는 것은 창조다. 들어라, 너희 창조자들아! 모든 평가된 일들의 보배와 보석[가장 소중한 핵심]은 평가함 그 자체다.**

평가를 통해 비로소 가치라는 게 있다. 평가가 없다면, 삶이라는 호두는 속이 텅 빌 것이다. 들어라, 너희 창조자들아!

가치의 변화—그것은 창조하는 자들의 변화다. 창조자가 되어야 하는 자는 항상 파괴한다.

처음에는 민족들이 평가하는 자였고, 뒷날에야 개인들이 평가자가 된다. 진실로, 개인[이라는 개념] 자체가 가장 최근의 창조다.***

민족들은 그 옛날에 선의 목록을 제 머리 위에 걸었다. 지배하려고 하는 사랑과 복종하려고 하는 사랑이 한데 어울려 그런 목록들을 만들었다.

무리[민족]에서 느끼는 즐거움이 '나'라는 개체에서 느끼는

- 인간은 흔히 선과 악, 그리고 어떤 일들의 가치를 신에게서 받은 것으로 생각하고, 또 그렇게 널리 선전하지만, 선악과 다른 모든 가치는 인간이 자신을 유지하기 위해 스스로 만들어냈다.
- 여기서 평가란 곧 선과 악의 기준을 세운다는 의미. 선악이란 하늘에서 떨어진 절대적 기준이 아니라 인간, 또는 한 사회가 자기 보존을 위해 내세운 가치의 목록으로, 실제로 그 사회는 그것을 토대로 유지된다. 따라서 평가란 창조이고, 인간이란 평가하는, 즉 창조하는 존재다.
- 옛날에는 민족, 즉 집단이 이런 평가를 했다면, 뒷날에야 개인이 그런 일을 맡게 되었다. 그대 그리스에서 이미 두드러진 개인들이 나타났지만, 부르크하르트에 따르면 '현대적인 개인'은 이탈리아 르네상스 시대에 본격적으로 나타난다.

즐거움보다 더 오래되었다. 좋은 양심이 무리라고 불리는 동안에는 '나'는 나쁜 양심이었다.

많은 사람에게 유용한 것이라는 명분으로 자신의 유용함[이익]만을 바라는 실로 간교하고 사랑 없는 나, 그것은 무리의 기원이 아닌, 무리의 몰락이다.•

선과 악을 만든 이들은 언제나 사랑하는 자들, 창조자들이었다. 모든 미덕의 이름에서는 사랑의 불길과 분노의 불길이 타오른다.••

차라투스트라는 많은 나라, 많은 민족을 보았다. 사랑하는 이들의 작품보다 지상에서 더 큰 권력[힘]을 차라투스트라는 보지 못했다. '선'과 '악'이 그 작품의 이름이다.

실로, 이렇듯 찬양과 질책을 하는 권력은 괴물이다. 그대 형제들이여, 말해보라, 누가 이 괴물을 제압하느냐? 말해보라, 누가 이 짐승의 천 개나 되는 목에 사슬을 던질 것인가?

---

• 사회계약설에는 (간교하고 이기적인) '나'가 사회의 기원이라는 생각이 들어 있다. 그런 개인들이 모여 일종의 계약으로 사회를 만들었다는 것인데, 이 책에서는 그런 이기적인 개인은 사회의 기원이 아니라 사회의 몰락이라 말한다. 사회를 위한다는 명분으로 개인의 이기심을 만족시키는 것은 역사상 거듭 일어난 일이었다. 이것이 몇 대에 걸쳐 계속되면 한 나라가 망했다. 우리 역사에서도 자주 관찰된다.

•• 선과 악은 민족의 보존을 위한 것이었으니, 잘 지키면 보상, 안 지키면 형벌이 내려졌다.

지금까지 천 개의 목표들이 있었다. 민족들이 천 개나 있었으니까.* 이런 천 개 목을 옭아맬 사슬이 부족하다. 그 하나의 목표가 없구나. 인류는 아직도 목표가 없다.**

하지만 나의 형제들아, 말해보라. 인류에게 목표가 없다면—인류 자체도 아직 없는 게 아닐까?—

차라투스트라는 이렇게 말했다.

---

- • 선과 악은 민족에 따라 달라진다. 그래서 천 개 목표, 천 개 목이라는 말이 나온다.
- •• 인류 전체에 유효한, 단일한 선악의 목록은 아직 없다. 어쩌면 외계인과의 전투가 벌어진다면 생겨날 것이다. 그래서 우리는 SF 영화에서 인류 전체의 생존을 위해 똘똘 뭉친 지구인들을 볼 수 있는데, 이것이 곧 인류 전체에게 타당한 '하나'의 목표라고 할 수 있을까?

## 이웃 사랑에 대해

너희는 이웃 사람 주변으로 달려가고 또 그걸 위한 아름다운 말들도 갖고 있다. 하지만 나는 말하겠다. 너희의 이웃 사랑이란 너희 자신을 향한 나쁜 사랑이라고 말이다.•

너희는 저 자신을 피해 이웃에게로 도망치면서 그걸 미덕으로 만들고 싶은 거지. 하지만 나는 너희의 '사심 없음[헌신]'을 꿰뚫어 본다.

'너'가 '나'보다 오래되었다. '너'라는 말은 거룩하게 발언되지만, '나'는 아직 그렇지 못하다. 그래서 인간은 이웃에게로 향한다.

---

• "네 이웃을 네 몸과 같이 사랑하여라"(〈마태복음〉 22장 39절)라는 기독교의 가르침을 말하고, 그 실상을 해부한다.

내가 너희에게 이웃 사랑을 권하느냐? 차라리 이웃에게서 도망쳐 가장 멀리 있는 자를 사랑하기를 권하노라!

가장 멀리 있는 자와 미래의 인간을 향한 사랑이 이웃 사랑보다 높다. 일과 유령들에 대한 사랑이 인간에 대한 사랑보다 높다.

내 형제여, 네 앞으로 달려오는 이 유령이 너보다 아름답다. 너는 어째서 그 유령에게 너의 살과 뼈를 주지 않느냐? 하지만 너는 겁먹고 이웃에게로 달려간다.

너희는 너희 자신과 잘 지내지 못하고, 자신을 충분히 사랑하지도 않는다. 그러고는 이웃을 사랑으로 끌어들이고 이웃의 잘못으로 너희 자신을 미화하려고 한다.

나는 너희가 모든 이웃, 또 그들의 이웃과도 못 지내기를 바란다. 그러면 너희는 너희 자신을 친구로 만들고, 또한 끓어넘치는 친구의 마음도 만들어야 할 테니까.

너희가 너희 자신에 대해 좋게 말하려고 하면 너희는 증인을 초대하지. 그리고 그 증인을 부추겨 그가 너희를 좋게 생각하면, 너희 자신도 자신을 좋게 생각한다.

자기가 아는 것과 다르게 말하는 사람만 거짓말하는 게 아니다. 자신의 무지와 다르게 말하는 사람이 진짜로 거짓말하는 것이다.* 너희는 사람들과 교제하면서 그렇게[모르면서] 너희 자신에 대해 말하고, 너희 자신으로 이웃을 속인다.

광대는 이렇게 말한다. "인간과의 교제가 성격을 망친다. 성격이란 게 없을 때는 특히 그렇다."

어떤 이는 자신을 찾으려고 이웃에게로 가고, 또 어떤 이는 자신을 잃어버리고 싶어서 이웃에게로 간다. 너희의 잘못된 자기 사랑은 '혼자 있기[고독]'를 감옥으로 만들지.

너희가 가진 이웃 사랑은 멀리 있는 자들이 그 대가를 치른다. 너희들 다섯 명이 함께한다면, 여섯 번째 사람은 언제나 죽지 않을 수 없다.

나는 너희의 축제도 사랑하지 않는다. 거기엔 배우들이 너무 많으며, 자주 구경꾼도 배우 같은 몸짓을 한다.

너희에게 이웃 말고 친구를 가르치노라. 친구가 땅의 축제가 되고, 인간너머의 예감이 되게 하라.

너희에게 친구와, 넘치도록 가득한 그 심정을 가르친다. 하지만 넘치도록 가득한 심정에게서 사랑을 받으려면, 스펀지가 될[흡수할] 줄 알아야 한다.

너희에게 친구를 가르친다. 그의 내면에서 세계가 완성되어 나타나는 사람, 즉 선을 받치는 쟁반을—언제나 완성된 세계를 아낌없이 내주는 창조하는 사람을.

---

- 모르면서 아는 척하거나 멋대로 판단하는 것. 여기서는 자신을 정확히 모르면서 멋대로 판단하는 것.

세계는 그에게 활짝 펼쳐졌다가도 도로 돌돌 말리고, 그렇게 악을 통해 선이 생성되며, 우연에서 목적이 생성된다.*

미래가, 가장 멀리 있는 것이 네 오늘의 이유가 되게 하라. 네 친구에게서 찾아낸 인간너머를 너의 이유로 여겨 사랑하라.

내 형제들아, 나는 너희에게 이웃 사랑을 권하지 않는다. 가장 멀리 있는 자를 사랑하기를 권한다.


차라투스트라는 이렇게 말했다.

---

- 세계가 활짝 펼쳐졌다가도 도로 돌돌 말리듯 부정적인 일들이 뒷날의 역사에 긍정적으로 작용하는 경우를 관찰할 수 있다. 우연에서 목적이 나타난다. 부정적인 일들이 연속될 때 가장 깊은 어둠에서 새벽이 밝아옴을 느낄 수 있다.

## 창조하는 자의 길에 대해

　내 형제여, 너는 고독해지는 길로 들어가려느냐? 너 자신으로 가는 길을 찾으려느냐? 잠깐 머물러 내 말을 들어보아라.

　"탐색하는 자는 쉽사리 길을 잃는다. 고독해지는 길은 모조리 죄다." 대중은 이렇게 말한다. 그리고 너 자신도 오랫동안 이런 대중에 속했다.

　이런 대중의 목소리는 앞으로도 네 안에서 계속 울려 나올 것이다. 네가 "나는 더 이상 너희와 같은 양심을 갖고 있지 않아"라고 말하면, 그건 탄식과 고통이 될 것이다.

　보라, 하나의 양심이 바로 이런 고통을 낳았다. 너의 비애에서는 아직도 그 양심의 마지막 가물거리는 빛이 빛나고 있다.

　하지만 너는 네 비애의 길을 가려느냐, 그러니까 너 자신에게로 가는 길을? 그렇다면 네가 그럴 권리와 힘을 가지고 있음을 내게 보여다오!

너는 하나의 새로운 힘이며, 새로운 권리인가? 최초의 움직임인가? 스스로 구르는 바퀴인가?* 별들마저도 너를 중심으로 돌아가라고 강요할 수 있는가?

아, 높은 곳을 향하는 아주 많은 탐욕이 있다! [명예를 탐하는] 야심가들의 경련이 그렇게나 많다! 네가 호색한이나 야심가가 아니라는 걸 내게 보여다오!

아, 바람을 일으키는 풀무보다 나을 게 없는 위대한 생각이란 게 그렇게나 많구나. 그들은 풀무질로 [주변을] 더욱 텅 비게 만든다.

넌 스스로 자유롭다고 말하느냐? 나는 네 안의 지배적인 생각을 들으려는 거지, 네가 속박에서 풀려났다는 말을 들으려는 게 아니다.

너는 속박에서 풀려**나도 되는** 사람인가? 자신의 봉사[사회적 활동]를 내던질 때 자신의 마지막 가치까지 버린 사람이 꽤 많다.**

무엇으로부터의 자유인가? 그건 차라투스트라의 관심사가

---

* 정신의 세 가지 변화에서 마지막인 어린이 단계.
** 더 이상 사회적 속박에 묶이지 않게 되었으니 자유롭다고 말하지만, 그렇게 사회에서의 근무나 활동에서 벗어난 순간 자신의 마지막 가치도 잃어버리는 사람이 많다.

아니다! 하지만 너의 눈은 내게 분명히 고해야 한다. **무엇을 위한** 자유인가?

너는 너 자신에게 너의 악과 선을 제시하고, 너의 의지를 마치 법처럼 네 위에 걸어놓을 수 있느냐? 너는 스스로 네 법의 판관이 되고 또한 복수자가 될 수 있느냐?

자기 법의 판관 겸 복수자와 단둘이서만 있는 건 소름 끼치는 일이다. 저 황량한 공간, 얼음장 같은 고독의 숨결 속으로 별은 그렇게 던져진다.•

오늘 아직 너는 많은 자로 인해 고통받는다, 너 혼자인[고독한] 자여. 오늘 너는 너의 용기와 희망들을 온전히 지니고 있다.

하지만 앞으로 언젠가는 고독이 너를 지치게 만들고, 언젠가는 너의 자부심과 용기가 스스로 구부러지고 찌부러질 거다. 그럼 너는 소리치겠지. "난 혼자다!"라고.

앞으로 언젠가 너는 너의 높이를 더 이상 보지 못하고 너의 낮음만 너무 가까이서 보게 될 것이다. 너의 고결함 자체가 마치 유령처럼 너를 두려움에 떨게 만들 것이다. 그러면 너는

---

• 창조자가 된다는 것은 자신에게로 가는 길이다. 그는 자신의 선과 악, 즉 가치를 스스로 만들어내고 그걸 제 머리 위에 법처럼 걸어두어야 한다. 게다가 그 법의 판관 겸 복수자까지 되어야 한다. 자기만의 규칙과 법이므로 다른 누구도 그런 일을 해주지 않기에 이는 무시무시하게 고독한 길이다. 니체 자신이 이런 길을 걸었다.

소리치겠지. "모든 게 틀려먹었다!"라고.

혼자인 자를 죽이려는 감정들이 있다. 이 감정들이 성공하지 못하면, 그것들 스스로가 죽어야 한다! 하지만 너는 [그런 감정들을 죽이는] 살해자가 될 수 있느냐?

나의 형제여, 너는 '경멸'이라는 낱말을 이미 아느냐? 그리고 너를 경멸하는 자들에게 공정하다는 것이야말로 네 공정함의 고통이란 것도?

너는 많은 이에게 너에 대해 고쳐 생각하라고 강요한다. 그들은 네게 그 대가를 혹독하게 갚아준다. 너는 그들 곁으로 가까이 다가갔다가 그냥 지나쳐 갔다. 그들은 그걸 절대 용서해주지 않는다.

너는 그들을 넘어간다. 하지만 네가 높이 올라갈수록 질투의 눈은 너를 더 작게[하찮게] 본다. 하지만 날아가는 자는 가장 많이 미움받는다.

"너희가 어찌 내게 공정하랴!"—너는 이렇게 말해야 한다—"나는 너희의 부당함을 내게 주어진 몫으로 선택한다."

그들은 고독한 자에게 부당함과 오물을 던진다. 하지만 내 형제여, 별이 되고자 한다면, 그들이 그런다고 너도 그들을 덜 비추어선 안 된다!

선한 자와 공정한 자들을 조심하라! 그들은 저 자신의 미덕을 발명하는 자들을 기꺼이 십자가에 못 박는다—그들은 고독한 자를 미워하니까.

거룩한 단순함도 조심하라! 단순하지 않은 건 모조리 그들에겐 거룩하지 않은 거니까. 거룩한 단순함도 불 갖고 놀기를 좋아한다—그러니까 화형장의 장작더미 말이지.•

그리고 네 사랑의 발작도 조심하라! 고독한 자는 제가 만난 자에게 너무 빨리 손을 내민다.

너는 많은 인간에게 손을 내주어선 안 되고 그냥 앞발을 내줘야 한다. 그리고 너의 앞발에 날카로운 발톱도 달려 있기를 나는 바란다.

하지만 네가 만날 수 있는 가장 나쁜 적은 언제나 너 자신일 거다. 너 자신이 동굴과 숲에 숨어서 너를 기다린다.

고독한 자여, 너는 너 자신에게로 가는 길을 가는구나! 그리고 너의 길은 너 자신을 스쳐 가고, 너의 일곱 악마도 스쳐 지나간다!

너는 너 자신에게 이단, 마녀, 예언자다. 그리고 바보, 회의론자, 불신자, 악당[일곱 악마의 이름]이다.

---

• '거룩한 단순함'은 보헤미아의 종교개혁가인 얀 후스(1372?~1415)가 이단으로 몰려 화형대에 섰을 때 단순한 농부들이 사제들의 명에 따라 불 피울 장작을 열심히 나르는 것을 보고 했다는 말이다. 교황과 사제들의 성직매매 등을 강력히 비판한 민족운동의 선구자 얀 후스가 보헤미아 농부들에게 훨씬 더 중요한 사람이었지만, 농부들은 무슨 일이 벌어지는지 정확히 이해하지 못한 채 단순한 믿음에 따라 사제들의 말에 복종했다.

너는 너 자신의 불꽃 속에 너 자신을 태워 죽이려고 해야 한다. 먼저 재가 되지 않고서 대체 어떻게 새로워지겠다는 것이냐!*

고독한 사람아, 너는 창조자의 길을 간다. 너는 너의 일곱 악마로 신 하나를 창조하려는 거다!

고독한 자여, 너는 사랑하는 자의 길을 간다. 너는 너 자신을 사랑하고, 그렇기에 오직 사랑하는 자들만이 하는 방식으로 너 자신을 경멸한다.

사랑하는 자는, 경멸하기 때문에 창조하려 한다! 제가 사랑하는 것을 경멸하지 않는 자가 대체 사랑에 대해 무얼 안다는 말인가!

너의 사랑과 너의 창조를 지니고 너의 고독해지는 길로 들어가라, 내 형제여, 그러면 나중에야 비로소 공정함이 절뚝거리는 다리로 네 뒤를 따라올 것이다.**

내 눈물을 들고 너의 고독해지는 길로 들어가라, 내 형제여. 나는, 자기 자신을 넘어 창조하고 그럼으로써 몰락하는

---

* 〈차라투스트라의 머리말〉에 나오는 차라투스트라 자신의 길. 그는 자신의 재를 들고 산으로 올라갔다가 변한 모습으로 불꽃을 들고 내려온다.
** 한 번 더 니체의 삶에서 이 명제를 확인할 수 있다. 자기 시대에 그토록 고독했던 그는 죽은 다음에야 얼마나 큰 명성을 얻었던가. 20세기 독일의 작가와 지식인 거의 모두가 그의 영향을 받았다. 물론 오늘날에는 세계적인 명성을 얻었다.

자를 사랑한다.\* —

차라투스트라는 이렇게 말했다.

- 니체는 자기 자신을 넘어 창조하면서 몰락해간 자, 창조하는 자, 사랑하는 자였다. 그러니까 비판과 독설로 가득한 이 책은 그가 인간너머를 지향하는 후세 사람들을 위해 남긴 사랑의 글이다.

# 늙은 여자들과 젊은 여자들에 대해

"어찌 그리 수줍어하며 어스름 사이로 살금살금 다니는 거냐, 차라투스트라? 그리고 외투 아래엔 무얼 그리 조심스럽게 감추고 있지?

선물로 받은 보물이냐? 아니면 너의 자식으로 태어난 어린아이냐? 아니면 넌 이제 도둑들의 길로 가려는 거냐, 악당들의 친구야?"—

실로 내 형제여! 차라투스트라가 말했다. 이건 내가 선물 받은 보물이다. 내가 지니게 된 작은 진리다.

하지만 이 진리는 어린아이처럼 통제하기 힘든 것이어서, 내가 그 입을 틀어막지 않으면 너무 크게 소리를 지르거든.

오늘 해 질 무렵 혼자 길을 가다가 늙은 여자 하나를 만났는데, 그녀가 내 영혼에 대고 이렇게 말하더군.

"차라투스트라는 우리 여자들한테도 많은 말을 했지. 하지만 우리에게 여자에 대해 말한 적은 없어."

그래서 내가 대답했다. "여자에 대해선 남자들한테만 말해야 하니까."

"나한테도 여자 얘기를 해보시게." 그녀가 말했다. "난 충분히 늙어서 그 말을 금방 도로 잊을 테니."

그래서 난 늙은 여자의 말을 따라서 다음과 같이 말했다.

여자에게서 모든 건 수수께끼고, 여자에게서 모든 건 하나의 해결책을 갖지. 그 해결책이란 임신이다.

여자에게 남자는 수단이고, 목적은 언제나 자식이다. 그렇다면 남자에게 여자란 무엇인가?

진짜 남자는 두 가지를 바란다. 위험과 놀이. 그래서 남자는 가장 위험한 장난감인 여자를 원하지.

남자는 전쟁을 위해 길러져야 하고, 여자는 전사의 회복을 위해 길러져야 한다. 다른 건 모두 어리석음이다.

너무 달콤한 열매—전사는 그런 걸 바라지 않는다. 그래서 그는 여자를 좋아한다. 가장 달콤한 여자에게도 쓴맛이 있거든.

남자보다 여자가 아이들을 더 잘 이해한다. 하지만 남자는 여자보다 더 아이스럽다.

진짜 사내 안에는 아이가 숨어 있다. 그 아이가 놀이하려 한다. 일어나라, 너희 여자들아, 남자에게서 아이를 찾아내라!

여자는 장난감이 되어라, 순수하고 섬세한, 보석 같은, 아직 존재하지 않는 세상의 미덕들로 빛나는 장난감.

너희 사랑에서 별의 광채가 빛나기를! 너희 희망은 "나는 인간너머를 낳고 싶다!"라는 것이어야 한다.

너희 사랑에 용감함이 깃들기를! 너희에게 두려움을 들이붓는 자에게 너희는 너희 사랑으로 돌진해야 한다.

너희 사랑에 너희의 명예가 들어 있기를! 그렇지 않으면 여자는 명예라는 걸 거의 이해하지 못한다. 하지만 사랑받기보다는 항상 더 많이 사랑하기, 절대로 두 번째가 되지 않기가 그대들의 명예가 되어야 한다.

여자가 사랑할 때면 남자는 여자를 두려워하라. 사랑할 때 여자는 온갖 희생을 다 하면서 나머지 다른 건 모두 가치 없다고 여긴다.

여자가 미워할 때면 남자는 여자를 두려워하라. 남자는 영혼의 밑바탕이 악할 뿐이지만, 여자는 영혼 밑바탕이 저급하기 때문이다.

여자는 누구를 가장 미워하나?―쇠가 자석에게 이렇게 말했다. "난 네가 가장 밉다, 너는 끌어당기지만 너 자신한테로 바싹 끌어당길 만큼 충분히 강하진 못하니까."

남자의 행복은 '난 이걸 원해'라는 것이다. 여자의 행복은

'그가 그걸 원해'이다.

'보아라, 이제 세상은 완벽해졌다!'—어떤 여자든 온통 사랑에서 복종할 때는 이렇게 생각하지.

여자는 복종해야 하고, 저의 표면을 위해 깊이를 찾아내야 한다. 여자의 기질이란 표면이고, 얕은 물 위에서 요동치는 표피일 뿐이니.

하지만 남자의 기질은 깊고, 그 물살은 지하 동굴들 속에서 쏴쏴 울린다. 여자는 그의 힘을 느끼지만, 그걸 이해하지는 못한다.—

그러자 늙은 여자가 내게 대답했다. "차라투스트라가 점잖은 말을 많이 했다. 특히 거기 어울릴 만큼 젊은 여자들을 위해서 말이지.

이상하다, 차라투스트라는 여자들을 거의 겪어보지 못했는데도 그들에 대해 올바르게 말하네! 여자에게선 그 무엇도 불가능한 게 없기 때문인가?

이제 감사의 뜻에서 작은 진실 하나를 받아라! 나는 그 진실을 말할 만큼 충분히 늙었다!

이 작은 진실을 잘 감싸고 그 입을 틀어막아라. 그러지 않으면 그것이 너무 큰 소리로 외칠 테니까."

"내게 그대의 작은 진실을 다오, 여자여!" 내가 말했다. 그러자 늙은 여자가 말했다.

"여자들한테로 가느냐? 채찍을 잊지 마라!"• —

차라투스트라는 이렇게 말했다.

- 늙은 여자가 가르쳐준 이 진실을 차라투스트라는 보물처럼 외투 아래 조심스럽게 감추고 걸었다.

## 뱀의 물어뜯기에 대해

 어느 날 날씨가 더워서 차라투스트라는 팔을 얼굴 위에 올려놓고 무화과나무 아래 잠이 들었다. 그때 뱀* 한 마리가 기어와 그의 목을 물자, 차라투스트라는 통증 때문에 소리를 질렀다. 그가 팔을 얼굴에서 떼어냈는데 뱀이 보였다. 뱀은 차라투스트라의 눈을 알아보고는 서툴게 몸을 돌려 그 자리를 떠나려고 했다. "가지 마라." 차라투스트라가 말했다. "아직 내 감사 인사를 못 받았잖니! 넌 시간에 딱 맞춰 나를 깨웠다. 내 갈 길이 아직 멀어서 말이다." "너의 길은 짧아." 뱀이 슬프게 말했다. "내 독이 너를 죽일 테니." 차라투스트라는 미소를 지었다. "용이 언제 뱀독에 죽었다더냐?"—그가 말했다. "하

* 〈차라투스트라의 머리말〉에 보면 뱀은 차라투스트라의 친구다.

지만 네 독을 도로 받아라! 넌 그걸 내게 선물할 정도로 부자가 아니잖아." 그러자 뱀은 다시 그의 목을 감고 그의 상처를 핥았다.

차라투스트라가 한번은 제자들에게 이 이야기를 하자 제자들이 물었다. "오, 차라투스트라, 당신 이야기의 도덕[모럴]은 뭔가요?" 차라투스트라는 그 말에 다음과 같이 대답했다.

선하고 공정한 자들은 나를 도덕 파괴자라고 부른다. 내 이야기는 부도덕하니.• —

너희에게 적이 있다면, 그의 악에 대해 선으로 갚아주지 마라. 그것은 상대방을 창피하게 하는 일이다. 그러지 말고, 적이 너희에게 뭔가 좋은 일을 해주었다는 걸 증명해라.••

그에게 창피를 주기보다는 차라리 화를 내라! 너희가 욕이나 저주를 받고도 상대를 축복하려 한다면 그건 내 마음에 들지 않는다. 너희도 차라리 조금 욕을 해주어라!

큰 불공평한 일이 너희에게 닥치거든 재빨리 다섯 가지 작은 불공평한 일을 행해라! 부당함에 오롯이 짓눌린 사람은

---

• '선하고 공정한 자들'은 대체로 기존 도덕을 옹호하는 기독교 수호자들을 뜻한다. 그들은 차라투스트라가 부도덕하다고 말한다. 다음에 이어지는 가르침을 기독교의 이웃 사랑과 비교해서 읽어볼 것.
•• 위에서 독뱀이 차라투스트라를 물어서 죽이려 했으나, 차라투스트라는 뱀이 자기를 제때 깨워주어 고맙다고 말한다.

보기에 끔찍하다.

너희들은 이걸 이미 알고 있었느냐? 부당함을 나누어 가지면 절반의 공정함이다.* 감당할 수 있는 사람이나 그런 부당함을 짊어져야지.

복수를 아예 안 하는 것보다 작은 복수가 더 인간적이다. 위반한 사람에게 형벌이 공정함과 명예가 아니라면, 나는 너희 형벌을 좋아하지 않는다.**

올바름을 유지하기보다 부당함을 주는 쪽이 더 고귀하다. 특히 스스로 올바를 경우 그렇다. 다만 그럴 만큼 충분히 부유해야 한다.

나는 너희의 차가운 공정함을 좋아하지 않는다. 너희 판관들의 눈에서는 항상 형리[형 집행관]와 그의 차가운 쇠붙이[사형 집행용 칼이나 도끼]가 내다보고 있다.

말해보아라, 대체 공정함은 어디 있는가? 공정함이란 볼 줄 아는 눈을 지닌 사랑인데?***

---

* 상대가 부당함을 행하면 조금은 부당함으로 갚아주어라. 그러니까 무조건 참지는 마라. 그럼 절반은 공정한 셈이다.
** 형벌을 받는 자에게 합당한 형벌이 아니라면 형벌을 좋아하지는 않는다. 합당한 형벌이 내려져야 한다. "누가 네 오른쪽 뺨을 치거든, 왼쪽 뺨마저 돌려 대어라"(〈마태복음〉 5장 39절)라는 기독교의 사랑에 대한 가르침과는 다른 길을 제시한다.

그렇다면 모든 형벌뿐만 아니라 모든 죄까지도 짊어지는 사랑을 발명하든지!

그렇다면 판결하는 자[판관]들만 빼고 모든 사람을 석방하는 공정함을 발명하든지!

이런 말까지도 듣고 싶은 거냐? 근본부터 공정하다고 주장하는 자에게서 나타나는 거짓말도 인간적인-친절함이라는 말이냐?••••

하지만 내 어찌 근본부터 공정하다고 주장하랴! 내 어찌 모든 이에게 자기 것을 줄 수 있다는 말이냐!••••• 모두에게 내 것을 주는 것으로 내겐 충분하다.

마지막으로, 내 형제들아, 모든 은둔자에게 부당함을 행하지 않도록 조심해라! 은둔자가 어떻게 잊을 수 있겠느냐! 그런 사람이 어떻게 보복할 수 있겠느냐!

- ••• 공정함이란 사랑이어야 하고, 또한 제대로 볼 줄 아는 사랑이어야 한다. 상대방의 진짜 모습을 못 보고 사랑하기란 어쩌면 편한 일일지도 모른다. 하지만 상대방의 진짜 모습을 보면서도 사랑하는 것, 적절한 사랑과 함께 적절한 형벌도 나오는 그런 사랑이야말로 공정함이다.
- •••• 형벌뿐만 아니라 죄악까지 짊어지는 사랑, 또는 판관 빼고는 모든 사람을 석방하는 공정함이란 현실적으로 불가능하다. 그런데도 그런 것을 가르친다면, 그리고 스스로 근본부터 공정하다고 주장한다면, 그건 거짓말인데, 그런 거짓말조차 인간에게 친절하기 위한 것이란 말이냐?
- ••••• "황제의 것은 황제에게, 하나님의 것은 하나님께"(〈마가복음〉 12장 17절)에 빗댄 표현.

은둔자는 깊은 샘과 같다. 돌 하나를 던져 넣기는 쉬운 일이다. 하지만 돌이 바닥까지 가라앉으면, 말해보라, 누가 그것을 도로 건져 올리나?

은둔자를 모욕하지 않도록 조심해라! 혹시 그런 일을 했거든 그를 아예 죽여버려라!\*


차라투스트라는 이렇게 말했다.

---

* 앞에서 상대가 내게 부당함을 행하면 나도 작은 부당함을 행해 상대에게 조금은 되갚아주라는 가르침이 나왔다. 동일한 가르침을 적용해보면, 은둔자는 자기가 받은 부당함을 되갚아줄 길이 없는 사람이다. 따라서 은둔자는 그 부당함을 절대로 잊을 수 없으니, 이는 심각한 부당함이다. 차라리 그를 죽일 각오가 아니라면 은둔자를 모욕하지 말라는 충고. 너무 불공평한 일이니까.

## 아이와 결혼에 대해

　오직 너한테만 던지는 질문 하나가 있다, 내 형제여. 바다의 깊이를 재는 측연(測鉛) 같은 이 질문을 너의 영혼에 던져 넣는다. 너의 영혼이 얼마나 깊은지 알기 위해서.
　너는 젊으니 자식과 결혼을 소망하겠지. 하지만 나는 네게 묻는다. 너는 아이를 소망해도 **되는** 인간인가?
　너는 승리에 넘치는, 자기를 극복한, 감각들을 지배하는 사람, 곧 네 미덕들의 주인인가? 나는 네게 이것을 묻는다.
　아니면 너의 소망에는 실은 짐승과 배설 욕구가 들어 있나? 또는 고독감? 아니면 너 자신과의 불화가 들어 있나?
　나는 너의 승리와 너의 자유가 아이를 동경하기를 바란다. 너의 승리와 너의 해방에 살아 있는 기념비들을 세워주어야 하니까.

너는 너 자신을 넘어 건설해야 한다. 그러려면 먼저 너 자신이 몸과 영혼 모두에서 반듯하게 구축된 사람이라야 한다.

너는 단순히 [미래로] 번식할 뿐만 아니라 위를 향해서도 번식해야 한다! 그렇게 하도록 결혼이라는 정원이 너를 도와야 한다!

너는 더 높은 몸을 창조해야 한다. 최초의 움직임이며, 스스로 구르는 바퀴를—창조자를 창조해야 한다.

결혼. 자기들이 창조한 것보다 나은 하나[아이]를 창조하는 [만드는] 두 사람이 되려는 의지를 나는 결혼이라고 부른다. 서로에 대한 존경심, 그런 의지를 바라는 자들에 대한 존경심을 결혼이라 부른다.

이것이 네 결혼의 의미이자 진실이어야 한다. 하지만 많아도-너무-많은 자들. 남아도는 자들이 결혼이라 부르는 것—아, 그걸 무어라 부를까?

아, 두 사람 영혼의 이런 빈곤! 아, 두 사람 영혼의 이런 오염! 아, 두 사람의 이런 가련한 쾌락!

그들은 이런 모든 걸 결혼이라 부르지. 그리고 자기들의 결혼이 하늘에서 맺어준 것이라고 말한다.

이런 남아도는 자들의 하늘이란 게 나는 싫다. 아니, 하늘의 그물에 걸려든 이 짐승들이 난 싫다!

자기가 결합해주지 않은 일을 축복하려고 절뚝거리며 뒤따

라오는 신도 내게선 멀어져라!•

그런 결혼을 비웃지 마라! 제 부모에 대해 울 이유가 없는 아이가 어디 있으랴?••

이 사내는 내 눈에 기품 있고, 땅의 의미를 위해 충분히 여물어 보였다. 하지만 그의 아내를 보았을 때[잘못 맺어진 부부], 땅이 무의미한 자들을 위한 집으로 보였다.

그렇다, 성자와 거위[멍청한 여자]가 서로 짝을 지으면, 나는 땅이 경련하며 흔들리기를 바란다.

이 사내는 영웅처럼 진리를 찾아 나섰다가, 마지막에 잘 치장한 작은 거짓 하나를 얻었다. 그는 그걸 저의 결혼이라 부른다.

저 사내는 교제할 때 퉁명스럽고 몹시 까다롭게 고르더니만, 단번에 자신의 모든 교제를 영원히 몽땅 망쳤다. 그는 그것을 저의 결혼이라 부른다.

저 사내는 천사의 미덕들을 지닌 하녀를 찾고 있었다. 하지만 갑자기 그가 한 여자의 하녀가 되더니, 지금은 그걸로 모

---

- 기독교에서 두 사람의 결합은 신이 맺어준 것이라고 말한다. 하지만 신은 이런 결합을 맺어준 적이 없고, 그런데도 결혼식장에서는 그런 말이 나오니 신은 그 결혼을 축복하려고 절뚝거리며 끌려 나온 셈이다.
- •• 대부분의 결혼이 충분한 자격을 갖추지 못한 자들의 결합이다보니, 자녀들은 어린 시절에 거의 모두 부모 때문에 울 이유가 많다.

자라 [그녀의] 천사까지 되는 게 꼭 필요한가보다.

모든 구매자가 조심하는 걸 보았다. 모두가 교활한 눈을 하고 있지. 하지만 가장 교활한 자라도 제 아내만큼은 자루 속에 든 채로 산다.•

많은 짧은 어리석음—너희는 그걸 사랑이라 부르지. 너희 결혼은 많은 짧은 어리석음을 끝내는 긴 멍청함.

여자를 향한 너희의 사랑, 그리고 남자를 향한 여자의 사랑. 아, 그게 고통받는 감추어진 신들에 대한 동정심이라면 얼마나 좋으랴! 하지만 대개는 두 짐승이 서로를 알아맞힌 일이다.••

하지만 너희의 최고 사랑조차도 황홀한 비유이자 고통스러운 불길일 뿐이다. 그것은 더 높은 길로 가도록 너희를 비춰주어야 할 횃불이다.

너희는 앞으로 언젠가 너희 자신을 넘어 사랑해야 한다! 그러니 우선 사랑하는 법을 **배워라**! 그래서 너희는 너희 사랑의 쓴잔을 마셔야 했다.

가장 좋은 사랑의 잔에도 쓴맛이 있다. 그러니 그 사랑을

---

- • 자루 속에 들어 있으니 제대로 보지도 못하고, 즉 잘 모른 채로 맞이한다.
- •• 원문의 '(수수께끼) 맞히기(erraten)'. 남자와 여자는 서로를 모르는데, 마치 두 짐승이 수수께끼 맞히듯 서로를 알았다 여기고 결혼한다.

인간너머를 향한 동경으로 만들어라, 창조하는 자인 너의 갈증으로 만들어라!

창조하는 자의 갈증, 인간너머를 향한 화살이자 동경. 말해보라, 내 형제여, 이게 네가 가진 결혼의 의지인가?

그런 의지와 그런 결혼이라면 거룩하구나.—

차라투스트라는 이렇게 말했다.

## 자유로운 죽음에 대해

　많은 이가 너무 늦게 죽고, 몇 명은 너무 일찍 죽는다. "올바른 시간에 죽어라!"라는 가르침은 아직도 낯설게 들린다.
　올바른 시간에 죽어라. 차라투스트라는 이렇게 가르친다.
　물론 올바른 시간에 살지 못한 자가 어찌 올바른 시간에 죽으랴? 차라리 태어나지 않았더라면 좋았을걸!—이렇게 나는 남아도는 자들에게 충고한다.
　하지만 남아도는 자들도 자기들의 죽음을 중요하게 여기고, 속이 빈 호두도 깨뜨려지기를 바라지.
　모든 사람이 죽음을 중요하게 여긴다. 그런데도 죽음은 아직 축제가 아니다. 인간은 가장 아름다운 축제[죽음]를 어떻게 봉헌해야 하는지 아직 못 배웠다.
　나는 완성하는 죽음을, 살아 있는 자들에게 [자극하는] 가시

이자 약속이 될 죽음을 너희에게 보여주겠다.

완성하는 자는, 희망하는 자들과 약속하는 자들에 둘러싸여 승리에 넘쳐서 자기의 죽음을 죽는다.

그러므로 인간은 죽는 법을 배워야 할 것이다. 죽어가는 자가 살아 있는 자들의 맹세를 축복하지 않는 축제가 있어서는 안 될 것이니!

가장 좋은 것은 죽는다는 거다. 두 번째로 좋은 것은 싸움 중에 죽으면서* 위대한 영혼을 아낌없이 퍼주는 일이다.

하지만 도둑처럼 살금살금 다가와 주인이 되어버리는, 히죽거리는 너희의 죽음은 전사와 승리자에겐 내키지 않는 것이다.

나는 너희에게 나의 죽음을 찬양한다. **내가** 원하기에 내게로 오는, 자유로운 죽음 말이다.

그렇다면 나는 언제 죽기를 바랄 것인가?—목표가 있고 또한 후계자를 가진 자라면, 목표와 후계자를 위해 올바른 시간에 죽기를 바란다.

그런 사람은 목표와 후계자에 대한 존경심에서, 삶이라는 성소(聖所)에다가 말라버린 화환을 걸어두지 않는다.

---

* 삶은 투쟁이고, 삶에서의 모든 활동도 투쟁이니, 마지막까지 그런 투쟁을 계속해야 한다.

진실로, 나는 밧줄 꼬는 자들과 같아지고 싶지 않다. 그들은 자신들의 실마리를 길게 꼬아 만들며[오래 살면서] 자신은 계속 뒤쪽으로 걸으니[후퇴, 퇴행] 말이다.

어떤 이들은 자신의 진실과 승리를 위해서도 이미 너무 늦었다. 이 빠진 입은 그 어떤 진리를 위한 권리도 없다.•

명성을 얻으려는 자는 제때 명예와 작별한다는 힘든 기술[또는 예술]을 행해야 한다. 그리고 제때 떠나가는 기술도.

가장 맛이 좋을 때 먹기를 그만두어야 한다. 오래 사랑받기를 바라는 이들은 그걸 안다.

물론 신맛 나는 사과들도 있다. 그들의 운명은 가을의 마지막 날까지 기다리는 것이다. 익는 동시에 누렇고 쭈글쭈글해진다.

다른 이들은 심장이 맨 먼저 늙고, 또 어떤 이들은 정신이 맨 먼저 늙는다. 그리고 일부 사람들은 젊은 시절에 이미 늙었다. 하지만 늦게 젊으면 오랫동안 젊다.

많은 이는 삶에서 성공하지 못한다. 독벌레 하나가 그의 심

---

• 차라투스트라의 서술에 따르면 진리를 찾는 일이나 목표를 갖는 일은 모두 싸움과 같다. 죽는다는 게 무엇보다도 가장 좋은 일이지만, 싸우다가 죽으면서 기꺼이 영혼을 소모하는 것이 두 번째로 좋다. 그런데 늙어서 이가 모조리 빠져버린 사람은 전사라고 보기 어려우며, 따라서 진리에 대한 권리도 없다. 차라투스트라는, 한 가지 진리를 찾아냈다고 하더라도 거기 머물지 말고 계속 다음 진리를 찾아 나서라고 권한다. 즉 인간은 살아 있는 한 끊임없이 전사가 되어야 한다.

장을 파먹는다. 그럴수록 죽음에서 성공하려고 애쓰기를.

많은 이는 달콤해진 적도 없이 여름에 벌써 썩는다. 비겁함이 그를 아직도 가지에 붙잡아둔다.

많아도 너무 많은 자들이 살면서 너무 오래 자기들의 가지에 매달려 있다. 폭풍우가 불어와 이 모든 썩은 것들과 벌레 먹힌 것들을 나무에서 떨구었으면!

**빠른** 죽음을 설교하는 자들이 온다면 좋으련만! 그들이야말로 생명나무에 부는 올바른 폭풍이자 흔들어대는 바람일 텐데! 하지만 오로지 느린 죽음과 온갖 '지상의 것'에 대한 참을성을 설교하는 소리만 들린다.

아, 너희는 지상의 것을 견디라고 설교하느냐? 오히려 그 지상의 것이 참을성 많게 너희를 견디고 있다, 너희 모독하는 주둥이들아!

진실로, 느린 죽음의 설교사들이 존경하는 저 히브리 사람[예수]은 너무 일찍 죽었다. 그가 너무 일찍 죽었다는 것은 그 뒤로 많은 이에게 재앙이 되었다.

그는 선하고 공정한 자들[기존 도덕의 옹호자들, 여기서는 유대인 종교 지도자들]의 증오와 함께, 히브리 사람의 눈물과 우울증만을 보았다. 저 히브리 사람 예수는. 그때 죽음에의 동경이 그를 엄습했다.

그가 광야에 머물며 선하고 공정한 자들을 멀리했더라면!

어쩌면 그는 사는 법을 배우고 또 땅을 사랑하는 법도 배웠을 것인데—거기 더해 웃음도 말이다!

내 말 믿어라, 내 형제들아! 그는 너무 일찍 죽었다. 그가 지금 내 나이[마흔 살]까지만 살았어도, 그 자신이 저의 가르침을 철회했을 텐데! 그는 그걸 철회할 수 있을 만큼 충분히 고결했다!

하지만 그는 아직 성숙하지 못했었다. 그 젊은이는 성숙하지 못한 채로 사랑했고, 성숙하지 못한 채로 인간과 땅까지 미워했다. 정신의 날개와 기질이 아직은 무겁게 그에게 매달려 있었다.

하지만 젊은이보다 어른 남자 안에 어린이가 더 많이 들어 있고, 우수는 더 적다. 어른은 죽음과 삶을 더 잘 이해한다.

죽음을 위한 자유와 죽음 한가운데서도 자유로움, '그래'라고 말할 시간이 아니라면 거룩한 '아니'를 말하는 사람. 그런 사람은 죽음과 삶을 이해한다.

너희의 죽어감이 인간과 땅에 모독이 되지 말라고, 내 친구들아, 나는 꿀 같은 너희 영혼에 간청한다.

너희가 죽어갈 때도 너희 정신과 미덕은 빛나야 한다, 대지를 둘러싼 저녁노을처럼 빛나야 해. 아니면 너희 죽어감은 성공이 아니다.

그러므로 너희들 내 친구들이 나로 인해 땅을 더 사랑하도록, 나 자신은 그렇게 죽고자 한다. 나를 낳아준 대지 안에 쉬기 위해 나는 다시 대지가 되고자 한다.

진실로, 차라투스트라는 하나의 목표를 가졌나니, 그가 자기 공을 던졌다. 이제 내 친구인 너희가 내 목표의 후계자, 나는 너희에게 황금 공을 던진다.

내 친구들아, 나는 다른 무엇보다 너희가 황금 공 던지는 걸 보고 싶다! 나는 그렇게 땅 위에 조금 더 머무르나니, 그대들은 그에 대해 나를 용서하라!

차라투스트라는 이렇게 말했다.

## 선물하는 미덕에 대해

1

차라투스트라가 마음으로 좋아했던 '얼룩소'라는 이름의 도시에 작별을 고했을 때—그의 제자라고 자칭하던 많은 이가 뒤를 따라오며 그를 수행했다. 이윽고 그들은 교차로에 이르렀다. 여기서 차라투스트라는 그들에게 이제 혼자 가겠노라고 말했다. 그는 홀로 걷는 자이기 때문이다. 하지만 제자들은 작별의 선물로 그에게 지팡이 하나를 내밀었다. 지팡이의 황금 손잡이에는 똬리를 튼 뱀이 태양을 감싸고 있었다. 차라투스트라는 그 지팡이를 보고 기뻐하며 거기 몸을 의지했다. 그런 다음 제자들에게 말했다.

이제 말해보아라. 황금은 어떻게 최고의 가치를 갖게 되었나? 흔하지 않고 쓸모가 없으며, 빛나면서 그 광채가 온화하기 때문이다. 황금은 언제나 자신을 선물한다.

황금은 최고 미덕의 비유로서만 최고 가치에 이르렀다. 선물하는 자의 눈길은 황금처럼 빛난다. 황금의 광채는 달과 태양 사이에 평화를 맺어준다.

최고 미덕은 흔하지 않고 쓸모가 없으며, 빛나면서 광채가 온화하다. 최고 미덕은 선물하는 미덕이다.

실로, 나는 너희 마음을 잘 짐작하지, 내 제자들아. 나처럼 너희도 선물하는 미덕이 되기를 바란다. 너희가 고양이나 늑대와 대체 무엇이 같겠는가?

스스로 희생 제물이 되고 선물이 되려는 게 너희 갈망이다. 그래서 너희는 영혼 안에 온갖 부를 축적하려는 갈증을 지닌다.

너희 영혼은 만족을 모르고 보물과 보석을 탐내지. 선물하려는 의지인 너희 미덕이 만족을 모르기 때문이다.

너희는 모든 게 너희에게로, 너희 안으로 들어오도록 강요한다. 그것들이 너희 사랑의 선물이 되어 너희의 샘에서 도로 흘러 나가게 하려고.

진실로, 이렇게 선물하는 사랑은 모든 가치에 대해 강탈자가 되어야 한다. 나는 이런 이기심을 건강하고 거룩한 것이라 부른다.

전혀 다른 이기심도 있다. 너무 가난하고 굶주린, 항상 훔치려 드는, 저 병자들의 이기심, 병든 이기심 말이다.

그런 이기심은 모든 빛나는 것을 도둑의 눈길로 노려보고, 먹을 것을 풍족히 가진 자를 굶주림의 탐욕으로 동경한다. 그런 이기심은 항상 선물하는 자들의 식탁 주변을 살그머니 기어 돌아다닌다.

그런 갈망에서는 질병과 보이지 않는 퇴화가 드러난다. 병든 몸에선 이런 이기심의 도둑질하는 탐욕이 등장한다.

말해보라, 내 형제들아. 무엇이 나쁜 것, 가장 나쁜 것인가? 바로 이런 **퇴화**가 아닌가?―선물하는 영혼이 없는 곳에서 우리는 언제나 이런 퇴화를 만난다.

우리 길은 위를 향해 올라간다. 종을 넘어 다음 종으로 올라간다. 하지만 "모든 걸 나를 위해"라고 말하는 감각, 즉 퇴화하는 감각은 우리에겐 공포다.•

우리의 감각은 위로 날아오른다. 그것은 우리 몸의 비유, 높아짐의 비유다. 미덕의 이름들은 바로 그런 높아짐의 비유

---

• 많은 보석과 보물을 욕심껏 모아들여도 그것이 선물이 되어 도로 흘러 나가게 한다면, 건강하고 거룩한 이기심이다. 결국은 다른 이들을 위한 것, 종 전체를 위한 것이기 때문이다. 이것은 인간너머를 지향하는 태도다. 하지만 '나 자신을 위해' 모든 걸 끌어모으는 이기심은 종의 퇴화를 부른다. 이는 가장 사악한 일로서, '마지막 인간'의 태도다. 이 비유는 재물 말고도 지식과 기술 등의 면에도 적용된다.

들이다.

그러므로 몸이 역사를 통과해 간다. 형성 중인, 싸움 중인 몸. 그렇다면 정신이란—몸에게 대체 무엇인가? 몸이 겪은 싸움과 승리들을 전하는 전령관, 즐거움이자 메아리다.•

온갖 선과 악의 이름은 모두 이런 비유들이다.•• 이런 비유들은 소리 내 말하지 않고 손짓만 한다. 그들에 대한 지식을 바라는 자는 바보다!•••

나의 형제들아, 너희의 정신이 비유로 말하려는 모든 순간을 주목하라. 거기가 바로 너희 미덕의 근원[발원지]이다.

거기서 너희 몸은 높아졌고 부활했다. 몸이 기쁨으로 정신을 황홀하게 만들면, 정신은 창조자가 되고, 평가자, 사랑하는 자가 되고, 모든 일에 혜택을 주는 자가 된다.

너희 심장이 강물처럼 넓고 풍요롭게 요동치면, 강 근처에

---

- 높아짐 또는 진화는 정신이 아니라 몸에서 이루어진다. 이는 인간을 뺀 모든 동식물에서 재빨리 확인되고 또한 인정할 수 있는 사실이다. 인간이 생물학적으로 동물이라는 점을 기억한다면, 인간에게도 이는 자명하다. 즉 몸이 진화하고 상승한다. 정신은 몸의 일부로서, 그 진화와 상승을 전하고 즐거워하는 것이란다.
- •• 사회가 가진 선의 목록과 악의 목록은 궁극적으로는 (몸의) 진화에 대한 비유다. 높아짐 또는 진화에 유리한 것은 선, 진화를 가로막으며 퇴행하는 것은 악이다.
- ••• 현재의 상태에서 미래의 상태들에 대한 정밀한 지식을 가질 수는 없다.

사는 자들에게는 축복이자 위험이다. 너희 미덕의 근원이 거기다.

너희가 칭찬과 비난을 넘어서 있고, 너희 의지가 사랑하는 자의 의지가 되어 모든 사물에 명령을 내리려 한다면. 거기가 너희 미덕의 근원이다.

너희가 쾌적함과 폭신한 침대를 경멸하고, 나약한 자들에게선 아무리 멀어져도 충분치 않다며 그들과는 아주 먼 데서 잠자리에 든다면, 거기가 너희 미덕의 근원이다.

너희가 하나의 의지를 바라는 자들이고, 또한 모든 곤경의 이런 방향 전환을 꼭 필요한 것이라 부른다면, 거기가 너희 미덕의 근원이다.

진실로, 너희 미덕은 새로운 선과 악이다! 진실로, 새로운 깊은 속삭임, 새로운 샘의 목소리다!

이 새로운 미덕, 그것은 힘[권력]이다. 그것은 지배하는 사상이니, 영리한 영혼이 그 사상을 둘러싼다. 황금 태양과 그것을 둘러싼 인식의 뱀이다.●

---

● 제자들이 선물한 지팡이 손잡이에 붙은 황금 장식, 황금을 둘러싸고 똬리를 튼 뱀의 의미가 이것이다. 황금 태양은 새로운 미덕, 곧 새로운 선과 악으로서 새로운 힘과 권력이다.

2

여기서 차라투스트라는 한동안 침묵하면서 사랑을 품고 제자들을 바라보았다. 그런 다음 그는 다음과 같이 말을 계속했다—그의 목소리는 변해 있었다.

너희 미덕의 힘을 지닌 채, 내 형제들아, 땅에 충실하게 남아라! 선물하는 너희 사랑과 너희 인식이 대지의 의미에 봉사하게 하라! 나는 너희에게 이것을 간곡히 청한다.\*

너희 사랑과 인식이 날개를 달고 날아올라 지상의 것에서 벗어나 영원한 벽\*\*에 부딪치게 하지 마라! 아, 언제나 아주 많은 미덕이 그렇게 날아가 사라졌다!

내가 그랬듯, 날아오른 미덕을 지상으로 도로 데려와라. 그렇다, 몸과 삶으로 도로 데려와라. 그 미덕이 의미를, 인간의 의미를 대지에 주게 하라!

지금까지는 미덕이든 정신이든 그렇게 백 가지 방식으로 날아올라 사라져버렸다. 아, 우리 몸에는 아직도 이런 온갖 광기와 실책이 살아 있다. 그런 광기가 몸과 의지가 되었다.

---

- 새로운 힘, 새로운 미덕, 곧 새로운 선은 '땅에 충실하라!'라는 것이다.
- 하늘과 영원성이라는 벽. 영혼의 구원이 약속된 천상 세계로 인식이 넘어가려다가 부딪치는 벽을 의미한다.

지금까지 미덕이든 정신이든 백 가지 방식으로 시도하다가 길을 잃었다. 그렇다, 인간은 하나의 시도였다. 아, 많은 무지와 오류가 우리에게서 몸이 되었나니!

수천 년 된 이성만이 아니라―이성의 광기도 우리에게서 터져 나온다. 후계자라는 건 위험한 일이다.

우리는 아직도 한 걸음 한 걸음 우연이라는 거인과 싸운다. 그리고 아직도 인류 전체 위에서는 무의미, 의미-없음이 지배하고 있다.

너희 정신과 미덕이 땅의 의미에 봉사하게 하라, 내 형제들아. 모든 것의 가치를 너희로부터 새롭게 세워라! 그러기 위해 너희는 전사가 되어야 한다! 그러기 위해 너희는 창조자가 되어야 한다!

몸은 앎으로써 스스로를 정화한다. 몸은 지식으로 시도하며 자신을 높인다. 인식하는 자에게 모든 충동은 거룩하다. 높여진 자의 영혼은 기쁘다.•

의사여, 너 자신을 도와라. 그렇게 너는 환자도 돕는다. 저 자신을 치료하는 자를 눈으로 보는 일이 환자에게 최고의 치

---

• 우리의 정신이 아니라 우리의 몸이 앎을 통해 정화되거나 높아진다. 생물학적으로는 자명한 일이지만, 그런데도 매우 획기적인 발상의 전환이다. 몸이 높아지면 그제야 영혼이 기뻐한다.

료가 되게 하라.

 아직 아무도 가지 않은 오솔길이 천 개나 있다. 건강함 천 개, 감추어진 삶의 섬이 천 개나 남아 있다. 인간과 인간의 대지는 아직 소진되지 않았고 아직 발견되지 않았다.

 깨어나 들어라, 너희 고독한 자들아! 미래에서 은밀한 날갯짓으로 바람이 불어온다. 좋은 소식이 섬세한 귓가로 온다.

 오늘 고독한 자들, 너희들 헤어지는 자들은, 앞으로 언젠가 하나의 민족이 될 것이다. 너희 자신을 고른 너희들에게서 하나의 선택된 민족이 자라 나올 것이고―그 민족에게서 인간너머가 자라 나올 것이다.•

 진실로, 땅은 치유의 장소가 되어야 한다! 그리고 땅을 둘러싼 새로운 냄새[소문]가 퍼지고 있다. 건강을 가져오는 냄새―하나의 새로운 희망이!

---

• 인간너머를 낳을 종족에 대한 예고. 스스로 선별된 민족이라 믿은 이스라엘 사람들에게서 예수가 나온 것처럼 여기서도 자신을 선택한 민족, 즉 땅과 몸과 삶을 의미로 삼는 종족에게서 인간너머가 나온다.

3

차라투스트라는 이 말을 마치고 나서 침묵했는데, 마치 마지막 말을 못다 한 사람 같았다. 한참 동안 그는 망설이며 손에 든 지팡이의 무게를 쟀다. 마침내 그가 말했다—그의 목소리는 변해 있었다.

나는 이제 혼자서 가겠다, 나의 제자들아! 너희도 이제 이곳을 떠나 혼자서 가라! 나는 그것을 바란다.

진실로, 너희에게 충고하나니. 나를 떠나, 차라투스트라에게 맞서 너희 자신을 방어해라! 그보다 낫기로는 그를 부끄럽게 여겨라! 어쩌면 그가 너희를 속였을 수도 있지.•

인식의 인간은 적을 사랑할 뿐만 아니라, 제 친구를 미워할 수도 있어야 한다.

누구든 언제까지나 제자로만 남아 있다면, 스승에게 잘못 보은하는 것이다. 너희는 어째서 내 화환을 잡아 뜯으려 하지 않느냐?

너희는 나를 숭배한다. 하지만 언젠가 너희 숭배가 무너지면 어떻게 하려느냐? 조각상 하나가 무너지며 너희를 때려죽이지 않도록 조심하라!

---

• 스승의 가르침을 모조리 비판의 눈길로 재검토하라고 가르치고 있다.

너희는 차라투스트라를 믿는다고 말하느냐? 하지만 차라투스트라가 대체 뭐가 중요하냐! 너희는 나의 신도들이다. 하지만 모든 신도란 게 대체 뭐가 중요하냐!

너희는 너희 자신을 찾아본 적도 없이 나를 찾아냈다. 신도들은 모두 그렇게 한다. 그래서 모든 믿음이란 그리도 하찮은 것이다.

그러므로 이제 나를 잃어버리고 너희 자신을 발견할 것을 명한다. 너희들 모두가 나를 부인하고 나면, 그제야 비로소 나는 너희에게로 돌아올 것이다.

진실로, 내 형제들아, 그때 나는 다른 눈으로 잃어버린 제자들을 찾아볼 것이다. 다른 사랑으로 너희를 사랑할 것이다.

그리고 앞으로 언젠가 너희는 이미 내 친구가 되어 있고, 같은 희망을 품은 아이들이 되어 있겠지. 그럼 난 세 번째로 너희 곁에 올 것이다, 위대한 정오를 너희와 함께 축하하기 위해서.

그리고 그것이 바로 위대한 정오, 인간이 짐승과 인간너머 사이 자기 길의 한가운데 선 시간, 저녁을 향해 가는 자신의 길을 최고 희망으로 여겨 축하하는 시간이다. 그것은 새로운 아침으로 가는 길이므로.

그때가 되면 몰락하는[내려가는] 자는, 자기가 저편으로 넘어가는 자라는 사실을 스스로 축복할 것이다. 그리고 그의 인식의 태양은 그의 정오에 있게 될 것이다.

**"모든 신은 죽었다. 이제 우리는 인간너머가 살기를 바란다"**—이것이 언젠가 위대한 정오에 우리의 마지막 의지가 되어야 한다!—

차라투스트라는 이렇게 말했다.

해설

가치 뒤집기와 새로운 희망


**서양 정신의 역사에서 가치 뒤집기를 실현한 책**

니체의 대표작인 《차라투스트라는 이렇게 말했다》(이하 《차라투스트라》)는, 기존의 가치 체계를 부수고 새로운 가치 체계를 세우려는 니체의 핵심 사상을 그림 언어(비유)로 서술한 책이다. 19세기 말 서양 정신의 가치 시스템을 뒤집는 혁명적인 사유가 여기 들어 있다. 유럽 중심부의 교수 출신 학자가 쓴 철학 책이지만, 전통적인 언어형식에서 완전히 벗어나 있기에 무엇보다 먼저 오해와 혼선을 부르고, 동시에 처음부터 수많은 사람을 매료했다. 내용과 언어 면에서 그야말로 가치 뒤집기를 실현해 보인 책이다. 매우 근원적인 사상이 특수한 체계에 담겨 있으므로 몹시 신중하게 접근해야 한다.

전체가 4부로 구성된 방대한 작품이지만, 여기에는 제1부만 포함한다. 우선 그 거대함 때문에 독자에게 접근 불가라는 인상을 만들어내는 일을 피하기 위해서다. 제1부를 먼저 읽고, 원한다면 나머지 부분도 읽을 수 있을 테니까. 그것 말고도 4부 중 머리말과 함께 제1부가 가장 완결된 형태이고, 또한 저자의 전체 구상이 비교적 뚜렷하게 드러나 있기 때문이기도 하다. 위태롭게 흔들리는 건강 상태에서 쓰인 전체 작품은 중간에 약간의 변화를 겪지만, 니체는 원래의 구상대로 작품을 완성했다.

니체 자신은《이 사람을 보라》에서 '영원회귀'의 사상이 이 책을 시작하게 된 최초의 영감이었다고 설명하지만, 영원회귀 사상은 제1부에는 아예 등장하지 않고 제3부에서야 비로소 등장한다. 또한 실제로는 작품 전체에서 크게 다루어지지도 않는다. 머리말과 제1부의 관심사는 전혀 다른 것이다.

### 신의 죽음과 인간너머

산에서 10년을 보내고 하산하는 차라투스트라는 처음으로 만난 성인이 신을 찬양하며 시간을 보낸다는 말에 충격을 받는다.

"저런 일이 대체 가능하단 말인가! 저 늙은 성인이 저의 숲에 머물며 **신이 죽었다**는 소식을 아직 전혀 못 들었다니 말이야!" 이어서 그는 맨 처음 만나는 민중을 향해 다짜고짜 인간

해설 165

너머를 설파하기 시작한다.

여기서 우리는 "신이 죽었다"라는 소식이 차라투스트라가 처음으로 가져온 것이 아니고, 이미 많은 사람 사이에 상당히 널리 퍼져 있다는 사실을 알게 된다. 동일한 표현을 쓴 것은 아니지만, 알려진 철학자 중에서 이 소식을 맨 먼저 발언한 사람은 루드비히 포이어바흐(Ludwig Feuerbach, 1804~1872)다. 포이어바흐는 인간이 자신의 이기심으로 인해 신을 만들어냈다고 확신했다. 그는 자기 시대(19세기)에 기독교가 붕괴하고 있다고 여겼다.

포이어바흐만큼이나 게오르크 W. F. 헤겔(Georg W. F. Hegel, 1770~1831)의 영향을 많이 받은 카를 마르크스(Karl Marx, 1818~1883)는, 헤겔이 절대정신(신)의 구현이라고 본 세계 역사에서 아예 정신을 빼버리고 물질만으로 역사 발전의 과정을 설명해버렸다. 철학자들의 이런 사상은 19세기의 주요 관심사가 정신에서 물질로 이동하고 있음을 보여주는 아주 분명한 표지다. 그리고 무엇보다도 19세기는 찰스 다윈(Charles Darwin, 1809~1882)의 세기이자 과학의 세기였다. 다윈의《종의 기원》(1859)이 발표되자 영국에서 기독교를 굳게 믿는 학자들의 반발과 소동이 엄청났었다.

니체는 1883년 2월에《차라투스트라》제1부를 썼다. 위에 서술한 19세기 철학자들의 관점 이동과 다윈의 진화론에 대해 충분히 사색하고도 남을 만큼 시간이 지나서였다. 니체의 질문이 우리 눈앞에 보이는 듯하다. 몇몇 철학자에 따르면, 1800년 이상 유럽의 정신을 지배해온 신이 더 이상 그 역할을 못 한다고 한다. 게다가 실체적 입증만을 중시하는 과학자들에 따르면, 모든 생명체는 신이 직접 만든 피조물이라기보다는, 진화의 과정에 따라 발전해 나온 것이다. 정말로 신이 없다면, 인간은 앞으로 어떻게 될 것이며, 대체 어떻게 살아야 할 것인가? 신이 없어진 세상에서 대체 무엇이 우리의 관심사인가? 신이 아니라 인간 자신이 아닌가?

그리고 주인공 차라투스트라는 산 위에서 10년 동안이나 사색한 끝에 마침내 '인간너머'라는 답을 찾아냈다. 이런 답은 먼저 질문의 대전제를 바꾸고서야 비로소 얻은 것이었다. 즉 전제가 뒤집어졌다. 그동안 기독교의 지배 아래서 유럽인들은, 인간이란 마냥 허망하고 일시적인 존재일 뿐이며, 오로지 신만이 유일한 있음(존재 자체)이라고 믿었다. 영혼만이 구원의 대상이며, 몸은 썩어서 사라지는 것이라 믿었다. 그런데 신이 없다면? 신이 죽었다면? 남는 건 정신이 아니라 몸뿐이고, 하늘이 아니라 땅만 남는 게 아닌가?

1800년 동안 유럽 정신의 근간이 되어온 신과 있음과 영혼을 대체할 새로운 사상을 설명하기 위해서는 단순히 답을 제시하는 것만이 아니라 기존 가치의 바탕이 되는 대전제를 깨

부수는 일이 꼭 필요했다. 새로운 것을 건설 또는 창조하기 위해서는 기존에 있던 건물을 부수고 새로운 체제를 구축해야 하기 때문이다. 이는 몹시 힘든 길이다. 제1부의 첫째 장인 '세 가지 변화에 대해'는 바로 그 과정을 보여주는 니체 방식 사유의 방법론이다.

### 정신의 세 가지 변화

제일 먼저 정신은 예로부터 내려오는 가치 질서를 존중하고 습득해서 실천해야 한다. 먼저 기존의 가치관을 배우고 제대로 알아야 한다. 알지도 못한 채로 무조건 비판하거나 깨부술 수는 없다. 이렇듯 묵묵히 공부하고 수행하는 과정이 곧 낙타가 하는 일이다.

하지만 정신이 기존의 가치관을 힘들게 습득했는데, 자세히 살펴보니 지금 시대에는 맞지 않는, 낡은 가치관이라는 점을 깨닫게 된다. 기독교 가치관은 그동안 유럽을 다른 대륙, 또는 이슬람에 맞서 우뚝 솟아오르도록 도움을 준 질서였지만 이제는 낡아버렸다. 19세기는 바로 그것을 깨닫는 시간이었다. 참고로 덧붙이자면, 니체 자신은 목사의 아들로서 직접 기독교 체계에서 나온 사람이었으니, 누구보다 그 내용을 잘 알고 또한 실천한 인물이었다.

낡은 가치관의 모순을 깨달았다면, 용감하고 독립적인 정신은 벌떡 일어나 '아니'라고 말해야 한다. '그건 틀렸고, 그건 이제 맞지 않아'라고 말해야 한다. 하지만 아직도 매우 강력한 기존 가치관에 정면으로 맞서는 일은, 짐을 짊어지고 순종하며 묵묵히 걸어가는 낙타의 능력을 넘어서 있다. 정신은 이제 상대를 극복하고 약탈하는 맹수인 사자의 모습이 되어야 한다. 정신은 이제 사자처럼 일어나서 낡은 질서에 맞서 '아니'라고 말할 자유를 쟁취해야 한다. 하지만 그것이 끝은 아니다.

자유를 쟁취한 정신은 이제 무엇을 해야 하나? 무엇을 지향하며, 어디로 나아가야 하나? 지금까지 신과 영혼과 내세에 의해 소홀히 취급당한 것, 허망하게 소멸하는 것이라 여겨져 무시되어온 것, 곧 땅과 몸과 이승의 삶을 향해야 한다. 정신은 이제 땅과 몸과 삶을 향해 '그래'라고 말해야 한다. 당돌하고 똘똘한 모습으로 새롭게 출발하는 천진한 정신, 스스로 구르는 바퀴인 정신은 어린이의 모습이 된다. 어린이는 새로 쟁취한 땅 위에서 새로운 가치를 창조하는 정신의 모습이다.

### 무거움의 정신에 맞서 경쾌하게 춤추는 언어

정신의 변화에 대한 이런 설명은 이 작품에서 자주 쓰이는 그림 언어, 즉 비유로 이루어져 있다. 그림 언어는 언뜻 쉬워 보이지만, 내용을 정확히 이해하려면 치밀하게 살펴보고 그의미를 알아내야 한다. 비유 말고도 이 작품의 언어는 여느 철학자나 학자들의 언어와는 완전히 딴판이다. 전혀 논문의 문체가 아니다.

니체의 언어는 쉽게 구성된 듯 보이지만 실은 어렵고, 그 뜻은 더욱 찾아내기 쉽지 않다. 마치 등산 과정을 생략한 채 앞뒤를 뚝 잘라내고 산봉우리에서 느닷없이 격언을 외치듯 말한다. 그런 다음엔 다음번 산봉우리에서 외치고 있다. 이런 글은 앞뒤로 여러 번 거듭 읽어서 뜻을 헤아려야 한다. 니체 자신은 "암기하기"(74쪽)를 권한다.

이 작품에서 사용하는 니체의 언어는 고대 그리스어 문법 체계를 익힌 사람에게는 약간 짐작되는 바가 없지 않다. 낱말의 배열 순서가 통상적이지 않을 때가 많고, 주어나 목적어가 자주 여기저기 흩어져서 등장한다. 읽는 사람이 문법의 격(格)을 헤아려서 주어와 술어 또는 목적어를 가려내야 한다. 이에 덧붙여 원래도 어려운 대명사가 자주 사용된다. 그런 어법은 일단 익히고 나면 춤추는 듯한 리듬감이 생기면서 쾌감을 주기는 하지만, 그래도 통상적인 배치 순서가 아니기 때문에 곧잘 실마리를 놓치곤 한다. 놓치면 그대로 치명적인 내용 오류로 연결된다.

제1부 일곱 번째 장인 '읽기와 쓰기에 대해'는 차라투스트라가 자신의 언어에 대해 선포한 일종의 선언문이다. 무엇보

다도 그는 당시 철학자들이 사용하던, 묵직하고 어려운 문체를 냉정하게 비웃는다. 기존의 관습과 가치를 중시하는 학자들과 그들이 사용하는 어려운 논문 문체까지를 아울러 "무거움의 정신"이라 이름 짓고, 이 무거움의 정신이야말로 자신의 철천지원수라고 부른다. 그러니까 사유, 문체, 사람이 모두 무거움의 정신이 될 수 있고, 삶에 저항하며 죽음을 지향하는 태도도 무거움의 정신이다. 이런 무거움의 정신, 또는 악마는 제1부만이 아니라 제2부, 제3부, 제4부에서도 거듭 등장하고, 제4부 거의 마지막 장면에서도 슬쩍 모습을 보인다. 그야말로 차라투스트라가 마지막까지 물리쳐야 할 원수다.

이 악마에 맞서 차라투스트라는 분노가 아니라 웃음으로 싸우려 한다. 단순히 걷는 게 아니라 달리고 날아오른다. 그리고 춤을 춘다. 그가 사용하는 언어는 바로 이런 모습이다. 즉 달리고, 날아오르고, 춤을 춘다.

니체는 제2부에 연달아 나오는 밤 노래, 춤 노래, 무덤 노래를 디튀람보스 언어의 예로 꼽았다. "디오니소스적 정신이 저 자신과 단둘이 말할 때, 어떤 언어를 쓰는가? 디튀람보스의 언어다. 나는 디튀람보스의 창안자다. (……) 디오니소스의 가장 깊은 우수가 디튀람보스가 된다"(《이 사람을 보라》에서).

그의 우수조차도 자신이 내뿜는 빛을 찬양하면서 탄식하는 밤 노래가 되고, 춤 노래가 되는 것이다. 이렇듯 춤의 리듬과 비유를 통해 그의 언어는 독특한 시가 되고, 고독과 우수에 잠겨 있을 때조차도 춤추고 웃음을 터뜨리는, 경쾌한 도약이 된다. 명료한 비유들과 더불어 전체 내용은 일정한 줄거리를 얻는다. 차라투스트라가 오고 가는 길과 제4부에서 벌어지는 축하 잔치의 장면들이 경이로운 환상의 광채를 얻으면서 《차라투스트라》는 점점 더 문학작품으로 변모한다. 차라투스트라는 웃고 춤추며 기묘한 발상을 지닌 시인인 것이다.

이 글을 읽는 독자는 니체의 차라투스트라-언어를 체득해야 한다. 내 경험으로 보면, 이것은 내용을 이해하는 것만큼이나 힘들고 또 오래 걸리는 일이다. 다른 사람의 언어를 체득한다는 것은 그와 호흡을 함께하는 일인데, 니체의 언어는 빠르고 경쾌하며 변덕스러워서 따라가기가 몹시 힘들다. "공기는 희박하고 순수하며, 위험은 가깝고 정신은 유쾌한 악의로 가득 차 있다"(74쪽).

### 가치의 평가와 창조

제1부에는 기존 질서에 속하는 여러 가치에 대한 비판이 등장한다. 형이상학을 비판하고, 몸을 경멸한 채 순결과 이웃사랑을 강조하는 기독교의 가르침도 분석하고 비판한다. 젊은이를 향한 염려와 가르침도 있다.

가장 중요한 가치 평가는 선과 악에 관한 것이다. 차라투스트라는 많은 나라와 민족을 둘러보았다. 그가 내린 결론에 따르면, 나라와 민족의 보존 또는 발전과 직결되는 가치가 바로 선과 악이다. 니체는 먼저 선과 악이 절대적 가치가 아니라는 사실을 분명히 밝힌다. 그것은 나라에 따라, 그리고 시대에 따라 달라진다(열다섯 번째 장 '천 개의 목표와 한 개의 목표에 대해'). 즉 상대적 가치다. 그리고 시대와 장소에 따라 달라지는 선과 악이 지상에서 가장 큰 권력(힘)이다. 한 민족이나 나라가 다른 민족과 다르게 자기 것이라고 내세우는 가치 기준이 바로 선과 악이다.

이런 선악의 기준을 내놓는 것이 바로 평가이고, 평가는 곧 창조하는 일이다. 옛날에는 민족(또는 무리)이 선악의 기준을 세웠다면, 뒷날에는 개인들이 이 일을 하게 되었다. 이런 일을 하는 사람이 창조자다. 다시 말해 창조자란 자신과 민족을 위한 가치 기준을 세우는 사람이다. 창조자의 길은 철저히 고독한 길이다. 여기서 차라투스트라는 이웃 사랑 말고 먼저 너 자신을 사랑하는 법을 배우고 가르친다.

머리말에서 차라투스트라는 자신은 이들 고독한 창조자들에게 말할 것이라는 점을 밝히고 있다. 창조자는 무엇을 지향하는가? 바로 인간너머를 향한다. 차라투스트라의 희망과 목표는 인간너머다. 신이 없는 세상에서 인간이 나아갈 길은 바로 이것이다. 단호한 비판과 독설을 서슴지 않는 차라투스트라는, 실은 새로운 시대에 어울리는 희망의 메시지를 말한다. 그리고 제1부의 마지막에 그가 남긴 희망의 메시지는 이와 같다.

"**모든 신은 죽었다. 이제 우리는 인간너머가 살기를 바란다**"(163쪽).

안인희

차라투스트라는 이렇게 말했다 | 제1부

**1판 1쇄 발행일** 2025년 11월 17일

**지은이** 프리드리히 니체
**옮긴이** 안인희

**발행인** 김학원
**발행처** (주)휴머니스트출판그룹
**출판등록** 제313-2007-000007호(2007년 1월 5일)
**주소** (03991) 서울시 마포구 동교로23길 76(연남동)
**전화** 02-335-4422 **팩스** 02-334-3427
**저자·독자 서비스** humanist@humanistbooks.com
**홈페이지** www.humanistbooks.com
**유튜브** youtube.com/user/humanistma
**페이스북** facebook.com/hmcv2001
**인스타그램** @humanist_insta

**편집주간** 황서현 **편집** 이성근 김대일 **디자인** 차민지
**조판** 아틀리에 **용지** 화인페이퍼 **인쇄·제본** 정민문화사

ISBN 979-11-7087-389-1 03850

- 이 책은 저작권법에 따라 보호받는 저작물이므로 무단 전재와 무단 복제를 금합니다.
- 이 책의 전부 또는 일부를 이용하려면 반드시 (주)휴머니스트출판그룹의 동의를 받아야 합니다.